KB176108

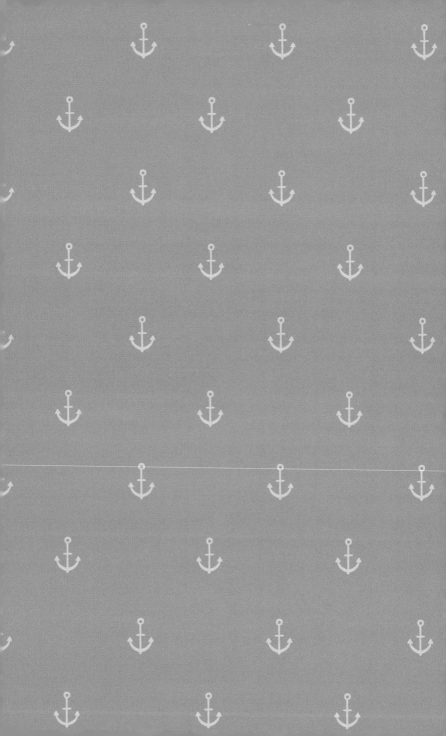

배를 타며 파도치는 내 마음을 읽습니다

배를 타며
파도치는
내 마음을 읽습니다

초판인쇄 2021년 1월 29일
초판발행 2021년 1월 29일

지은이 이동현
펴낸이 채종준
기획·편집 김채은
디자인 서혜선
마케팅 문선영·전예리

펴낸곳 한국학술정보(주)
주 소 경기도 파주시 회동길 230(문발동)
전 화 031-908-3181(대표)
팩 스 031-908-3189
홈페이지 http://ebook.kstudy.com
E-mail 출판사업부 publish@kstudy.com
등 록 제일산-115호(2000. 6. 19)

ISBN 979-11-6603-303-2 03810

인생을
항해하는

스물아홉
선원 이야기

배를 타며
파도치는
내 마음을 읽습니다

글 · 사진

이동현

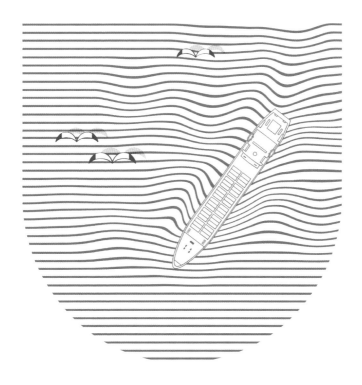

이담
Books

내가 아무것도 아니라는 것을 배를 타며 알았다.

'미래'와 '어른'에 대해 막연한 고민을 하며 스무 살을 맞았다. 내 사춘기는 항상 삐딱했다. 기울어진 배처럼 모든 것을 똑바로 보고 있지 못했다. 알지 못하는 미래를 그저 두려워만 하고 있었다.

안정적이라는 말에 해양대학교를 들어갔다. 이후 흔들리는 파도 속에서 태평양, 대서양, 인도양을 지나며 배란 무엇인지, 사회란 무엇인지를 알아가며 사회생활에 조금씩 적응해갔다.

배에 오르고서 많은 생각을 했다. 사방 어디에 시선을 두어도 수평선뿐인 망망대해에서 강철로 휘감은 배는 때로는 바다에서 나를 보호해주는 공간이었지만 동시에 그 안에 가두어두는 외로움의 공간이기도 했다.

소수의 사람들과 매우 제한된 공간에서 6개월 길게는 10개월을 보낸다는 건, 많은 갈등과 고민을 하게 했으며 타인과 나에 대해 깊게 생각해보게 했다. 그렇게 배 안에서 차곡차곡 그 생각들을 적어나가기 시작했다. 괜찮은 곳이라 생각했던 배에서 나는 괜찮은 척을 하는 내 모습을 보게 되었다. 배를 의미하는 단어인 척(隻). 배를 타보니 '괜찮은 척'은 나에게 다른 의미가 되었다.

기관사는 배의 바닥에 위치한 기계들 속에서 일한다. 배의 엔진은 아파트 3층 높이의 크기만 하고, 기계들이 맞물려 내는 소리는 머리마저 지끈거리게 한다. 그런 소음을 막기 위해 귀마개를 하고 있다 보면, 시끄러운 공간 속에서 나는 어디에 머물러 있는지도 헷갈릴 때가 있다.

배 위의 시간은 육지의 시간과는 다르다. 땅 위에 사는 친구들과 배를 타는 내 모습이 너무나 대조적이어서 시차가 생긴다. 그런 배 위의 모습에 나는 어느 시간대에 머물러 있는 건지, 잘 지내고 있는 것인지 헷갈리기만 했다.

스물아홉이 된 나는 태풍을 만난 것처럼 심하게 흔들리고 있다. 배가 흔들리지 않는 날에도 배 위의 나는 스스로 흔들린다. 육지에서는 배가 답이라 생각했는데, 배에 오르고 나니 자꾸만 육지가 답이라는 생각이 든다.

배는 내가 아무것도 아니라는 걸 알게 했다. 끝없는 바다와 파도, 태풍 앞에서는 나는 정말 아무것도 아닌 존재였고 배와 사회의 시스템에서도 나는 아무것도 아닌 것에 불과했다.

그래, 어쩌면 '29살', '성공', '행복' 그런 것 또한 아무것도 아닐 것이다.

지금 나의 고민 속에서 이 글을 시작한다.

목차

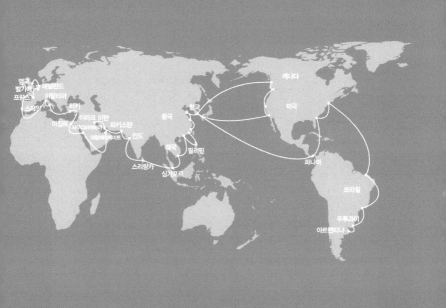

PART 1

선원이 되기까지

내가 아는 일

항해 중인 컨테이너선

　파도를 타고 바다를 넘는 일의 끝은 항구에 도착하는 것이다. 차가운 바닷바람과 끝없이 반복되는 파도를 지나면 파란 바다를 바닥으로 여기저기 서 있는 건물들이 보이기 시작한다. 항해를 끝내고 육지에 도착하는 일, 우리는 그것을 입항이라고 부른다. 배를 타며 수없이 마주한 곳 중에 이번에 도착한 곳은 벨기에였다. 이름만 들어봤지, 대륙 어디에 있는지 정확히 몰랐던 나라이다. 배를 탄다는 것은 그렇게 나를 대한민국의 반대편에 자리한 낯선 그곳에 닿게 한다.

벨기에 그랑플라스 광장. 중세의 시간이 멈춰버린 듯한 그곳에서 시선을 돌려가며 여기저기 살폈다. 하늘을 향해 치켜든 고풍스러운 첨탑과 건물들은 광장에 시선을 머무르게 했다. 아무 소리 없이 그곳을 넋 놓고 바라보았다.

벨기에 그랑플라스 광장(2018)

'멋지네, 멋져~'

그렇게 한동안 아름다움에 정신을 팔다 문득 가족들 생각이 났다. 이런 아름다운 풍경을 나만 본다는 게 아쉽다는 마음이 들었다. 얼른 핸드폰을 열어 카메라에 이곳을 배경으로 내 모습을 담았다.

"여기 너무 멋지지 않아요?"

가족 단톡방에 실시간으로 사진을 올렸다. 카톡에 숫자가 없어지자마자 아버지께 메시지가 왔다.

"나도 가 봤어~"

아버지는 이후 사진도 첨부해 보내왔다. 첨부된 사진엔 지금 나와 같은 곳에 서 있는 젊은 날 아버지가 있었다.

벨기에 그랑플라스 광장(1990)

"아빠 사진이야? 아빠 벨기에 가봤었어?"

"내가 배 타고 유럽 가봤다고 말 안 했었나? 아마 딱
네 나이였겠네."

사진 아래를 보니 1990년 5월이라고 적혀있었다.

"1990년 5월…"

신기한 일이었다. 1990년 27살의 아버지가 있던 곳에 2018년 27살의 아들인 내가 이곳에 서 있다. 아버지처럼 배를 타고서 말이다. 아버지가 예전에 이곳에 왔었다는 사실은 알지 못했다. 무척이나 신기한 마음이 들었다. 이곳에 오는 것 또한 내가 의도한 일 역시 아니기 때문이다. 배를 탄다는 것은 항로를 내 맘대로 정할 수 없기에 우연이라고 할 수밖에 없다.

그렇지만 나는 이곳에 서 있다. 아버지와 같은 나이에 같은 공간에서. 1990년이면 내가 존재하지도 않았던 시간인데, 저 사진 속 아버지는 훗날 자신의 아들이 이곳에 올 것이라고 짐작이나 했을까? 어쩌면 삶은 운명이라고 불리는 것으로 정해져 있는 게 아닌가 싶다. 그럼 내가 아버지와 같은 선원으로 이곳에 오는 것은 설명이 될 수 있을 것이다.

하지만 내게 선원이라는 직업은 '운명'이라고 설명하기엔 거리가 있는 이야기이다. 나는 선원을 바라지도 않았고, 운명이라고 생각하기엔 내 생각과도 너무나도 달랐기 때문이었다.

한편, 사람들에게 나의 직업을 선원이라고 소개할 때면 호기심 가득한 눈을 하고서는 이와 질문을 하곤 했다.

"배는 어때요?"

"어떻게 선원이 되었어요?"

선원이라는 생소한 직업에 특별한 무언가가 있다고 생각하는 것 같다. 그럴 때마다 나는 왜 선원이 되었는지에 대해 생각해 보았다. 누군가가 말하는 '바다를 누비는 일', '세계를 보는 일'. 하지만 고립되고, 사람들과 떨어져 지내는, 선원이라는 직업을 도대체 왜 선택하게 되었는지 말이다. 현직 선원으로서 잘 모르겠지만, 누군가는 선원이 '바다가 나를 부르고', '세계가 나를 불렀다'는 말로 정말 특별한 직업이라고 한다.

그럴 때마다 괴리감이 들었다. 선원이란 직업도 다른 많은 직업 중의 하나일 뿐이라고 생각했다. 또 내가 현장에서 느끼는 사람들은 그렇지 않은 사람이 다수였다. 바다가 나를 부르고, 세계를 본다는 건, 글쎄…. 그건 시간이 지나고 나서 하는 미사여

구 같았다. 정말 그렇기에 배를 탔을지 몰라도 적어도 나는 아니었다. 배를 타는 것, 그것은 내가 아는 일이 '그것뿐'이기 때문이었다. 그것은 어떤 운명도 필연도 아니었다.

직업에 대해 생각하기 시작한 건 초등학교 시절이었다. 학기가 시작될 때면, 으레 선생님은 까만 글자가 빼곡히 적힌 종이를 아이들에게 내밀었다. 우리는 앞자리에서부터 뒤로 넘겨지는 그 종이를 받으며 선생님의 말씀에 귀를 기울였다.

"나누어준 종이에 부모님의 직업, 부모님의 학력, 꿈을 적으세요."

우리는 "네!" 하며 종이에 칸을 채워 나갔다.

아버지의 직업은 자영업이었다. 어린 시절의 나는 자영업이 무엇인지는 모르지만, 엄마에게 물어볼 때면 아버지 직업을 '자영업'으로 적으라고 하셨다. 그럴 때면 여지없이 선생님이 다가와 자영업 무엇을 하는지 꼭 캐묻곤 했다. 당시의 난 "배 고치는 일을 하신데요"라고 얼버무렸다. 하지만 그럴 때마다 선생님은 "부모님께 다시 물어보고 와"라며 나를 되돌려 보냈다.

그때의 난 자영업이 무엇인지도, 왜 자영업 중에 무엇을 하는지 묻는 선생님의 말씀도, 하나도 이해할 수 없었지만, 항상 캐묻는 선생님을 보면서 아이들에겐 중요한 것이 아니지만 어른들한테는 중요한 거구나 생각했다.

"엄마, 자영업 말고 구체적으로 적으래요" 물으면 옆에서 듣고 있던 아버지는 "선박 수리업 한다고 그래"라고 말씀하셨다. 선박 수리업, 그게 아버지의 직업이었다. 젊은 시절 배를 탔던 아버지가 하시는 일, 배에 관련된 일, 그건 어린 내가 처음으로 접하는 직업이었다.

설문조사에서 아이들을 들뜨게 한 것은 장래 희망란이었다. 자기가 바라는 꿈과 부모님이 원하는 꿈을 따로 적도록 칸이 나뉘어 있었다. 꿈이라는 것이 왜? 부모와 내가 갈라져야 하는지 그때는 몰랐지만, 칸이 2개여서인지 나는 본능적으로 부모님과는 다르면 안 될 것 같다는 생각이 들었다. 부모님의 말씀을 잘 듣는 게, 착한 어린이니까.

설문조사를 할 때면 모두가 모여서 꿈에 관해 이야기했다. "너는 무엇을 할 거야?", "너는 뭐가 될 거야?" 아이들의 종이 안에는 '대통령', '우주비행사'와 같은 다양한 꿈이 적혔다.

학년이 올라가고, 학교가 바뀌어도 설문조사는 계속되었다. 학년이 높아질수록 꿈을 적는 일은 더는 재밌는 일이 아니었다. 시간이 갈수록 반에서 우주비행사는 없어지고, 40명 넘는 아이들의 꿈은 다섯, 여섯 개로 다들 비슷해져 갔다.

나중에는 공무원, 선생님만이 가득해졌다. 다양한 직업이 있을 리 없었다. 당시 우리가 접할 수 있었던 직업은 우주비행사가 아닌 학교에서 보는 선생님이었기 때문이다. 아니면 경찰인 아버지를 둔 이들은 경찰을 적었고, 어머니가 의사일 경우 의사를 적었다.

그렇게 꿈을 적다 보면 내가 꿈이라는 게 있나 의문이 들었다. 그런데 부모님은 반대로 시간이 지날수록 아들의 대학교와 학과가 구체적으로 정해지고 있었다. 그 또한 부모님이 겪어본 직업일 수밖에 없었지만, 나 역시 그 구체적인 꿈에 맞추어 적어나갔다.

부모님이 알고 내가 아는 직업은 하나뿐이었다. 배를 타는 일이었다. 나는 그렇게 내가 배를 타야 성공한 어른이 된다고 믿게 되었다.

그게 내가 선원이라는 직업을 선택한 이유다.

아버지와 같은 길

어른이 되면 무엇이든 할 수 있는 줄 알았다. 밤늦게 텔레비전을 보면 엄마는 어른이 되면 맘대로 보라며 리모컨을 뺏으셨다. 공부를 미루고 게임에 빠져 있는 날에도 그랬다. 방을 치우지 않으면 "어른 돼서 네 집에서 어질러"라고 말씀하셨다.

어린 내 눈엔 어른이 된다는 것이야말로 모든 것을 해결하는 만능 수표였다. '어른이 되면 다 할 수 있겠지' 하며 어른이 되기를 기다렸다. 어른이 되면 뭐든 할 수 있다는 말이 부도수표라는 것을 곧 깨닫게 되었지만 말이다.

어떻게 해야 좋은 어른이 되는지에 대한 생각은 미루어둔 채 '시간이 지나면 어른이 되는 거겠지'라고 생각하며 시간이 지남에 따라 나이를 한 살씩 적립해나갔다. 어른이 된다는 것의 의미를 정확히 몰랐다. 주변에 볼 수 있는 어른이란 존재는 한정적이었다.

꼬마의 눈으로 본 어른은 단순히 나보다 키가 크고 나이가 많은 사람이었지만, 시간이 지나며 그들 모두가 어른이 아니라는 건 얼핏 알 수 있었다. 세상에는 어린아이와 다를 것 없는 행동을 하는 어른이 많았다. 길에다 쓰레기를 버리는 사람, 욕을 하는 사람, 힘이 없는 사람에게는 막 대하는 사람, 사람을 돈으로 평가하는 사람 등이다. 시간이 지나면 무조건 진짜 어른이 되지 않다는 것을 점차 깨닫게 되었다.

그런 기준에서 보자면 어른에 적합한 사람은 나의 아버지였다. 아버지는 돈에 대해서 열등감을 느끼거나 주눅 들지 않았다. 가진 것에 만족했고 본인의 일을 자랑스러워했다. 진짜 어른이었다. 그런 아버지에 비해 나이로만 어른이라는 기준을 맞춘 나는 언제나 부족해 보였다.

어릴 적 아버지는 동네에서 알아주는 수재였다. 어느 동네에나 한둘은 꼭 있는 가난한 집안의 영특한 아이, 그 주인공이 아버지였다. 아버지는 할아버지의 기대를 한 몸에 받고 자랐다. 할아버지는 술을 드시면, 늘 아버지 이야기를 하셨다.

"네 아부지가 얼마나 공부를 잘했는지 아니? 그러니 너도 잘 할거야."

아버지는 기성회비를 한 번도 미납한 적이 없었다고 했다. 그러면서 아버지는 "할아버지는 그런 것에는 굉장히 철저한 분이야"라고 말씀하셨지만, 고모와 삼촌들의 말은 약간 다르니 아버지에 대한 할아버지의 기대가 얼마나 컸는지 알 수 있다.

그런 가난한 시골 영재 이야기가 단골 소재로 나오듯, 아버지는 집안 형편 때문에 원하는 대학에 가지 못하셨다. 할아버지는 그게 한이 되셨는지 명절 때마다 "너희 아버지가 우등생이라 교무실 불려갈 일 한 번 없었는데, 서울대를 안 간다고 해서 교무실에 불려갔다"라는 말을 반복하셨다.

어린 나는 그게 자랑인지 미안함인지 헷갈리게 들렸다. 그렇게 아버지를 서울에 진학시키지 못한 걸 오랜 시간이 지나서도 아쉬움으로 안고 계시는 듯했다.

아버지는 해양대학교에 진학했다. 할아버지는 미안해하셨지만, 아버지의 선택은 그랬다. 기숙사에 국비 지원에 배를 타고 큰돈을 벌 수 있는 길을 선택한 것이다. 당시 아버지가 선택할 수 있는 길은 그리 많지 않았다.

내가 어릴 적부터 들어오던 이야기는 "아버지처럼 공부 잘해라", "아버지를 닮았다면 공부를 잘할 거야"라는 말이었다. 하지만 애꿎게도 그런 이야기는 나를 의심하게 했다. '내가 아버지의 아들이 맞나? 그런 아버지의 아들이라면, 공부를 잘해야 하는 게 맞았을 텐데.' 나는 아니었다.

혹시나 아버지가 무식한 사람이었다면 나는 스스로 좀 더 괜찮은 사람이라고 느꼈을지 모른다. 아버지에 비해 괜찮은 사람, 더 똑똑하고 영특한 아들. 그런데 나는 항상 아버지와 비교하면 많이 부족했다.

애매했다. 공부를 아예 못하지도, 잘하지도 않는 그런 아이, 포기하기도 그렇고 공부 이외에 잘하는 것도 없는 어중간함, 그게 나였다. 공부란 것에 큰 생각이 없었다. 그도 그럴 것이 잘하는 것도 아니고, 재미도 없었다. 내가 관심 있는 과목은 성적에는 아무런 영향이 없었다. 고등학생 때 이과였던 내가 관심을 둔 과목은 문과 계열의 세계사와 국어였다. 세상 사람의 이야기를 듣는 게 좋았다. 언젠가 작가가 되고 싶었다. 하지만 그건 미래를, 생계를 알 수 없는 불안정한 일이었다. 아버지가 겪어봤던 구체적인 일들은 아들이 했으면 하고 바라는 구체적인 꿈으로서 장래희망에 적혀 갔다.

학교의 선택마저 그랬다. 중학교에서 고등학교로 넘어가면서 일반고라는 말에 속아 쭈뼛쭈뼛 인문계를 적었다. 일반적이지 않다는 건 좋지 않은 것처럼 느껴졌다. 그리고 여전히 학교에선 대학에서 원하는 과목들만을 공부하고, 다른 고민 없이 그저 주어진 과목의 문제만을 풀어나갔다. 오히려 고민하지 않은 만큼, 문제가 쌓이고 있었는지도 모를 일이지만 말이다.

고등학교 생활이 시작되고, 책상 앞에서만 존재하는 이 세상에서는, 성적으로만 세상을 그릴 수 있었다. 그럴 때면 나의 성적은 내가 제대로 된 어른이 될 수 없다고 말하는 것만 같았다. 차츰 어른이 되는 게 무서워졌다. 나는 아무것도 할 수 없을 것만 같았다.

나를 미워한다는 건 힘든 일이다. 고교 시절의 나는 나를 미워했다.

　수능이 다가오는 고3의 교실은 조용했다. 조용함일까? 적막함일까? 불안 앞에 숨죽이는 침묵이라고 할까? 교실 안이 침묵으로 빼곡히 채워져 갔다.

　수능을 앞둔 뉴스에는 자살한 아이들의 이야기가 종종 흘러나왔다. 매년 듣는 그 뉴스도, 이제는 적응하는지, 수능이 지나면 또 누군가가 자신의 삶을 끊어놓으리라 생각했다. 그런 일은 자연스러운 일인 듯 익숙해져 갔다. 같은 고등학생, 나와 같은 상황, 그 누가 겪어도 이상하지 않을 그 일이, 그저 한 사람의 일탈일 뿐, 누가 자살을 하고 누군가 괴로워 울든 그건 우리의 일이 아니었다. 그건 단지 '너의 일'이었다.

차디찬 11월의 아침, 예년 같았다면 평범하게 추운 어느 하루로 지나칠 그런 날, 그런 날이 내 수능 날이었다. 수능 당일 불안함에 웃음이 새어 나왔다. 3년 동안의 많은 하루 중에 이 단 하루가 나를 결정짓는 날이라니…. 나의 많은 하루는, 이 단 하루를 위해 존재했다는 게 우스웠다. 모든 게 추웠다. 날도, 수능을 보러 들어가는 낯선 학교도, 시험지를 받아볼 낯선 책상도, 시간마저도 차가운 듯했다.

아무 방해가 없기를 바라는, 비행기도 차도 멈추는 그 시간에 차가운 적막을 깨는 쿵 쿵 쿵 소리가 들렸다. 닫힌 정문을 열어보려는 지각생의 소리였다. 그 애절한 소리는 "왜 방해야…"라는 볼멘소리로 돌아왔다. 경비 아저씨가 돌려보내고서야 다시

수험장은 조용해졌다.

1교시가 끝날 때쯤 한 아이가 울음을 터트렸다. 벌써 모든 것이 끝이라는 양, 그 아이는 서럽게 울어댔다. 아무도 울음에 동정하지 않았다. 그저 시끄러운 울음소리가 그치기를 바랄 뿐, 아이는 울음을 그치자 가방을 들고 교실을 나갔다. 그 누가 교실을 나가든 시험을 포기하든 말든 아무도 관심이 없었다. 그저 빨리 조용히 나가주기만을 바랐다.

수능장 문 앞에 매달려 우는 지각생도, 도중에 울며 시험장을 나가는 일도, 아무 일도 아니었다. 시끄럽게, 방해되게, 그건 모두 '남의 일'이었다.

수능은 '칼날'처럼 보였다. 너와 나를 나누고, 앞으로의 삶을 실패냐 성공이냐를 가르는 날이었다. 모두가 선단 공포증 환자처럼 날 앞에 부들부들 떨었지만 피할 수는 없는 노릇이었다. 그리고 결국 그 날 앞에 나는 실패로 그어지고 말았다.

그리고 그날 이후 나는, 나를 미워하기 시작했다. 그건 유쾌한 일은 아니었다. 스스로가 마음이 들지 않는다고 해서 나 자신과 떨어져 있을 수도, 따로 시간을 갖는 것도 할 수 없었다.

수능이 끝난 후, 초등학교에서 고등학교까지 마라톤처럼 달려온 내게, 수능의 결승선에 도달한 저조한 기록은 앞으로 주어지는 길이 없는 듯했다. 그때의 나는 비포장도로 그 위에서 출발하려는 바람 빠진 바퀴의 차 같았다. 고등학교 졸업식은 경험하지 못한 낯선 불안의 출발선이었다.

학교 정문, 플래카드가 나부끼고 있었다. 붉은 벽돌로 된 3층 학교 본관을 반이나 가린 그 큰 것은, 나와는 상관없는 명문대학교에 붙은 친구들의 이름으로 가득찼다. 내 이름이 있을 리는 만무했다. 부모님이 학교 정문을 지날 때, 보지 않기를 바랐다.

나는 점점 작아졌다. 정문의 그 걸개를 고개 숙여 지나가는 내 모습이 초라했다. 그토록 가고 싶던 그 학교 옆에 있을 리 없는 내 이름이, 차라리 아무도 그 학교에 가지 않았다면 그 학교 이름이 걸리는 일은 없었을 텐데, 하는 원망과 함께 말이다.

졸업식이 열린 체육관 단상에 오른 사람은 서울대를 간 친구들이었다. 졸업자는 300명이었지만 졸업식은 서울대를 진학한 두 사람을 위한 축하식 같았다. 졸업식의 들러리들은 결혼식보다는 먹는 데 더 관심 있는 성의 없는 하객처럼 두 명 아이의 이름이 호명될 때마다 감정 없는 박수를 보낼 뿐이었다.

졸업장을 받았다. 종이 한 장. 간절했던 합격 통지서도 아닌 졸업장의 그 가벼움은 내게 아무런 위로가 되지 못했다. 3년의 보상치고는 너무나도 가벼웠다.

졸업식이 끝나고 아버지는 먼저 강당을 나섰다. 운동장을 가로질러 아버지는 정문을 향해 뚜벅뚜벅 앞서 걸어갔다. 나는 아버지의 발걸음을 따라 맞출 수 없었다. 굳이 맞추고 싶지 않던 것일지도 모른다. 아버지와 거리는 차츰 멀어져만 갔다. 나는 더 느리게 걸었고 아버지는 여전히 빨리 걸었다. 멀어져 가는 아버지는 점이 돼가고 있었다. 내게 멀어진 만큼, 나도 아버지에게 점으로 보이기를 바라며 발걸음을 느리게, 느리게 걸었다.

한동안 아버지는 내게 웃지를 않으셨다. 그렇다고 화를 내는 것도 아니었다. 그저 감정 없는 눈으로 바라보셨다. 나 역시 아버지와 눈을 마주칠 수 없었다. 일순간 스쳐 가며 보았던 아버지의 눈은 감정이 없는 눈이 아니라 감정을 억누르고 있었다는 것을 알게 됐다.

아버지의 외출도 줄었다. 수능이 끝나고 으레 시작되는 자식 질문이 무척이나 피곤했을 것이다. 내 얘기를 물어올 때마다 아버지는 뭐라 대답했을지…. 자신이 아닌 타인의 행동으로 위축돼야 하는, 거짓말도 변명도 싫어하는 아버지를 떠올릴 때면 나는 죄인인 양 초조했다.

어느 날 동생이 조용히 다가와 내게 말했다.

"오빠, 아빠 어제 울었어."

나는 아무 말도 할 수 없었다. 그 말을 듣고 내심 놀랐다. 지금껏 아버지가 우는 걸 본 적이 없었기 때문이다.

졸업과 함께 내가 어른들에게 들은 것은 대학이 삶에 있어서 전부가 아니라고 또 다른 길이 있다고, 인생의 끝이 아니라고 했지만 그런 위로는 거짓말처럼 느껴졌다. 어른들의 세계는 대학, 그게 전부로 느껴졌다. 어른들이 말하는 것과는 너무나 다른 현실이었다.

대학이 인생을 가르는 중요한 길이란 것을 사람들이 말하는 이상과 다른 현실을, 아버지의 눈물로 나는 알 수 있었다.

나는 어딘가 끝자락에 내몰린 기분이 들었다.

바다엔 행복이 있을까

졸업식이 끝나고 집에 들어와 밥을 먹었다. 떠들썩한 졸업식은 아니었다. 초등학교와 중학교 때와는 달랐다. 외식도 하지 않았다. 그냥 조용히 밥을 넘겼다. 그렇게 나의 졸업식의 날이 끝나고 있었다.

답답해서 저녁 무렵 집 밖으로 나섰다. 노을이 지고 별이 보이지 않는 깜깜한 밤이 찾아왔다. 나는 내 인생도 밤과 같은 검은색으로 확정돼 버린 듯 느꼈다. 어두운 밤하늘의 색처럼 나의 미래는 어두운색으로 확실시되는 것처럼 느껴졌다. 날은 어두워졌고 갈 곳 없던 나는 눈에 보이는 미용실로 들어섰다. 미용실 문을 열고 그토록 두려워서 하지 못한 것을 했다.

"파마해주세요."

수능이 끝난 뒤 내가 가장 먼저 한 일은 파마였다. 무슨 이유 때문인지 알 수 없을 만큼 그토록 단속하고 억압했던 머리카락. 이젠 내 마음대로 할 수 있게 됐다. 어떻게든 어제의 나와 결별하고 싶었던 것 같다.

파마하고 피식 웃음이 나왔다. 이게 뭐라고 죽어라 단속했으며, 그게 뭐라고 나는 매번 머리를 박박 밀고 다녔을까. 졸업하면 이 아무짝에도 쓸모없는 머리카락에 그렇게나 다들 관심을 가지고 신경을 썼는지…. 나는 선생님들이 들이대는 머리카락의 길이를 재기 위한 자가 아니라 내가 무엇을 원하는 자아인가에 관심을 가졌어야 했다.

당연히 파마하고 변한 건 없었다. 상쾌한 기분도, 멋스러워진 기분도 아닌 고작 이거 하나 하는 걸 두려워했나 하는 겁쟁이 같은 자신의 모습이었다.

학교에서 그 사소한 머리카락에 열을 냈던 건 학생들에게 잡아줄 수 있는 것이, 진로나 꿈, 적성이 아니라 머리카락과 같은 외적인 것뿐이기 때문이리라.

그즈음 나는 처음 술을 먹어보았다. 수능이 끝난 뒤 친구의 생일날에 모여 축하를 하는 자리에서 편의점에 들어가 맥주 캔을 하나 골라 집었다. 계산대에 맥주를 내고 주민등록증을 내밀었다. 성인임이 확인되고 나서 점원은 바코드에 맥주를 찍고 계산을 했다. 맥주가 내 손에 들어왔다. '치-익' 거품 소리와 '딸깍' 하는 뚜껑 소리가 함께 들려왔다. 소리와 함께 그 작은 구멍에서 하얀 거품이 흘러넘쳤다. 처음 보는 그 맥주 거품 위로 내 입술을 가져다 대었다. 첫맛이 그리 맛있지는 않았다. TV 광고와는 달리 너무 썼다. 쓸쓸한 내 상황에 비할 건 아니었지만.

벌써 맥주를 마시냐고 주위 친구들은 의아해했다. 나는 마셔

본 적도 없는 맥주를 자연스럽게 들어 맥주 맛을 안다는 듯이 한 모금씩 천천히 넘겼다. 어른이라는 무리 속에 표나지 않게 꺼지는 거품처럼 어른이 되어 얻은 유일한 권리를 누리고 싶었다.

'이런 맛없는 걸 왜 먹지?'하면서도 나는 술을 먹었다. 또 다른 내가 되는 게 좋았다. 울면 핑곗거리가 되는 것이 필요했다. 화를 내는 데에 이유가 필요했다. 울면 내가 아니라 이 술 때문이고, 내가 화를 내도 이 술이 잘못한 거라고. 나는 내가 문제가 아니라 술이 문제라고 말하고 싶었다. 그러나 술은 그냥 내가 19살 이상인 성인이 되었다고 확인을 시켜줄 단 하나의 도구였다. 진짜 어른은 되지 못했음에도 난 그냥 성인으로 인정받고 싶었다.

대학생이 되었다. 이젠 맥주를 마실 줄 알게 되었다. 술의 깊은 맛도 차차 알아가고 있었지만 오히려 어른이라는 감각은 다가오지 않고 두어 걸음 더 물러나고 있는 느낌이었다. 대학은 고등학교의 연장선이었고 두발과 복장이 자유로운 것 외에 달리 좋을 것은 없었다. 오히려 자유라는 권리가 생기면서 그 자유를 제대로 다룰 줄 모르는 어설픈 사람들이 해대는 이상한 소리를 듣고 있어야 할 때 거북함을 느꼈다.

대학에 가서 의미 없이 시간만 보내느니 차라리 그만두는 게 낫지 않겠냐는 생각을 했다. 학창 시절 때 반에서 나보다 훨씬 못한 성적의 친구와 내가 같은 대학에 들어갔을 때, 3년 내내 공부랍시고 한다고 했는데 결국 다를 게 없다는 자괴감이 나를 괴롭혔다.

'난 쟤랑은 달라'라는 한심한 생각에 빠져 이도 저도 아닌 인간으로 세월을 낭비하는 게 나의 대학 일상이었다. 그곳에서 좋은 성적을 받아도 달라지는 건 없었다. 그저 6개월에 한 번씩 수백만 원을 내면 정기적으로 받을 수 있는 학점과 졸업장의 교환을 위해 대학이라는 곳에 다녀야만 했다. 그곳에서 내가 할 수 있는 일은 없었다.

운이 좋게도 나는 이곳에서의 성적으로 다른 학교에 편입할 수 있게 되었다. 대학생이 되었음에도 나는 내가 뭘 해야 할지를 몰랐다. 그래서 해양대로 갔다. 해양대는 다른 의미에서 할 수 있는 것이 없는 곳이었다.

학교에서는 모두 일괄적이었다. 제복을 입고 군인처럼 제식을 행하고 일률적인 수업, 정해진 학사 일정, 실습, 취업… 취업에 최적화된 상품을 찍어내는 아주 멋진 공장 같았다. 아이러니하게도 정해진 대로 따라야 하는 이 시스템이 내겐 오히려 편안했다. 이 컨베이어 벨트 위에 올라타기만 하면 최소한 취업이라는 관문은 쉽게 통과할 수 있었다.

내게 자율은 두려움이었다. 무언가를 해보려 이것저것 두드렸지만 길은 보이지 않았다. 나는 영화 〈죽은 시인의 사회〉를 보고 더는 자유를 부러워하지 않았다. 책상을 밟고 이상을 부르짖는 것이 내게는 낯설었다. 누군가 필요한 게 뭐냐고 묻는다면, 내게 필요한 건 자유가 아닌 '나의 쓸모'라고 말했을 것이다. 이 사회의 필요한 일부가 되고 싶었다.

시스템에 편승해서 결국 취업에 성공했다. 예전 같았다면 원서조차 내지 못할 큰 회사에, 그렇다고 예전과 내가 크게 달라진 것도 아니었다. 그저 간판만 바뀌었을 뿐이다. 그런데 그 간판이 많은 것을 바꾸었다. 그 간판이, 다른 사람이 나를 더 괜찮은 사람으로, 성실한 사람으로 느끼게 했다. 그렇게 나는 그 간판으로 또 하나의 간판을 달았다. 그 간판은 또 다른 간판으로 계속해서 나를 대표했다.

20대가 되어 확실해지는 것은 여럿 있었다. 세상은 보기보다 단순하다는 것, 모두의 사정을 들어줄 여유는 없다는 것, 불쌍한 척을 하면 나만 불쌍해질 뿐이라는 것, 약한 모습을 보이면 동정이 아닌 동등하지 못하다는 걸 확인하게 될 뿐이라는 것. 그렇기에 왜 나를 봐주지 않고 간판만을 보냐는 건 배부른 소리에 불과했다.

바다엔 행복이 있을까? 행복이라는 믿음으로 나는 컨베이어 벨트 위에 올랐다.

그리고 그 길은 나를 바다로 안내했다.

PART 2

배에서 일한다는 건

낯설며 익숙한 세상

부두에 정박해 있는 컨테이너선

처음 배에 오르던 순간을 떠올려본다. 새벽 3시, 어둠 속 높이만 단층 아파트만 한 커다란 배가 내 눈앞에 있다. 그때의 나는 한 손에 허리까지 오는 커다란 캐리어를 들고, 그 큰 배를 올려다보았다. 두려움과 설렘을 가지고 거인처럼 커다란 그 배를, 미지의 무언가를 마주한 사람처럼 흔들리는 눈으로 바라보았다. 거기서부터 앞으로 시작될 내 바다의 이야기가 시작됐다.

배를 타기 위해 교육을 받고, 배를 타는 것을 목표로 삼았던 내게도 배는 낯선 세상이었다. 학교에서 내내 듣던 배와 관련된 전공수업 및 실습은 그저 다른 교육처럼 느껴졌다. 실제 바다 위에 산다는 건, 말로만 듣고 교과서에서 글로만 배우던 것이 아니기 때문이었다.

배에서 산다는 것은 여행도 학교도 아닌 예상하지 못하던 다른 삶이었다. 만약 배에 필요한 것이 없으면 만들거나 혹은 참는 법을 배워야 했다.

배에 오르기 위해 가져온 물건 중 실내화가 없다면 "아! 실내화 안 가져왔네, 슈퍼 가서 사야지"가 아니라 다시 한국에 돌아오는 동안은 실내화를 신을 수가 없다는 뜻이다.

구할 수 없는 것을 구하는 방법은 없었다. 배에 실린 물건, 그것만이 배에 있는 전부였다. 만반의 준비가 필요하기에 배에서 사용할 짐을 싸는 것도 일처럼 느껴지곤 했다. 6개월 길게는 10개월의 짐을 싸는 일, 너무 무거우면 들고 갈 수도 없어 적정한 양의 짐을 정하는 일은 정말로 내게 가치 있는 것과 필요한 것을 생각하게 했다.

하지만 그런 좁은 캐리어의 한구석에는 스스로 견딜 수 있게 해주는 무언가도 꼭 필요했다. 그게 책이든, 가족사진이든. 배에서 우리 몸뿐 아니라 마음도 버티기 위한 무언가를 꼭 넣어야만 했다.

처음 승선할 때 어리둥절했던 단어가 있었다. 배에 있는 사람들은 배에 있는 우리의 직업을 '해상직'이라고 불렀다. 해상직? 그런 단어를 들어본 적이 있던가? 배에 있는 사람들은 바깥의 일을 '육상직'이라고 불렀다. 식당을 하는 것도, 회사에 다니는 것도 모두 육상직이다. 바다가 아닌 곳에서 일을 하면 '육상직'이었다.

그렇게 보면 세상에 해상직은 우리뿐이었다. 배를 타면서 "육상에 앉아야지.", "육상에 자리 잡아야지." 그런 이야기들은 꼭 우리를 바다 거북이처럼 느껴지게 했다. 남태평양 이름도 모를 어느 섬에 사는 바다 거북이처럼 육지로 올라가야 할 것만 같은 기분이 들었다.

이곳 사람들은 육상으로 올라가고 싶어 했다.

"선배는 앞으로 뭐 하실 거예요?"

그런 질문에 대답은 항상 비슷했다.

"여기서 돈을 모아서 육상으로 가야지!"
"여기에서 경력 쌓아 육상으로 가야지!"
"공부해서 육상 가야지!"

낯선 모습이었다. 학교 때는 배를 타는 것을 목표로 해왔는데, 배에 있는 사람들은 오히려 이곳을 떠나려 한다.

'해상직'. 해상직이라는 그 단어가 시작부터 우리를 고립시켜왔는지도 모른다.

반대로 종종 배의 장점을 이렇게 말하곤 한다.

> "야, 배만큼 좋은 곳이 어디 있냐? 좋은 사람이건 싫은 사람이건 6개월만 보면 되잖아, 어차피 6개월이면 내가 휴가를 가든 그 사람이 휴가를 가든 할 테니까. 육상이라면 같은 부서 사람을 내가 그만두거나 정년퇴직하기 전까지는 쭉 봐야 한다고."

하지만 그 6개월이 정해진 제한된 만남이어서인지 좀 더 예의 없이, 좀 더 정 없이, 나와는 상관없는 사람처럼 대하게 되는 핑계가 되기도 한다. 또 6개월은 생각보다 긴 시간이기도 했다. 6개월이면 사람의 성격이 변해버리고도 남는다. 바깥과 달리 24

시간 떨어질 수 없는 이곳은 어쩌면 타인과 평생을 스쳐 지나갈 시간을 압축해놓았다는 생각이 들 정도였다. 싫어하는 사람과 떨어지지도 못하고 24시간 6개월을 같이 지낸다는 건 괴롭다. 그래서 갇혀 있는 배라는 곳에서는 물질적인 불편함보다 마음이 불편할 때가 더 많다.

배는 다양한 출신의 사람들이 있다. 대다수는 부산, 목포의 해양대를 나온 사람들이지만, 때론 수대, 수고, 해사고, 연수원까지 간간이 섞여 있다. 좁은 공간에서 낯선 사람들과 어울리는 데에는 공통점을 찾는 것만큼 빠른 것이 없다. 배에서는 자연스레 학연, 지연을 찾는다. 좁은 배에서 남과 우리를 분리한다. 그러다 보니 더욱 폐쇄적인 느낌이 들 때가 있다.

배는 작은 사회라고 느낀다. 배에 올라와서 가장 먼저 듣는 질문은 이렇다.

"야, 어디 학교야? 집은 어디 살아?"
"내 후배야?"

"전에 배 누구랑 탔어?"

그 사람을 알기보다 그 사람의 바깥을 먼저 보려 한다. 좁은 나라에서 학연, 지연을 찾듯 좁은 배에서도 마찬가지구나 하고, 이 좁은 곳에서도 '너와 나를 나누는구나' 하고 생각하게 한다.

선원은 때로는 스스로 뱃놈이라고 부른다. '뱃놈', '배 타는 놈', '그러니까 뱃놈 소리 듣지' 하며 자신의 직업을 비하한다. 어쩜 배라는 좁은 곳에서 서로의 좋지 못한 모습을 너무 많이 봐버렸기 때문일지도 모른다. 하지만 이건 배의 특성이 아니라 사람들의 특성일지도 모르는데….

이렇게 배는 낯설지만, 꽤 익숙한 모습이 많이 보이는 곳이다.

세수하고 거울을 본다. 어느 새 덥수룩하게 머리카락과 수염이 자랐다. 삐죽삐죽 멋대로 난 수염. 그 모습을 보고도 면도기에 손이 가질 않는다. 배에서는 종종 수염을 기른다. 바이킹족의 덥수룩한 수염의 이미지는 그들이 선원이기 때문일지도 모른다. 현대의 선원

선박, 방 안에 있는 화장실

들도 면도기가 있음에도 가끔 수염을 기른다.

'수염이 자랐네, 뭐 어때.'

타인의 눈에 비치는 일이 없기에 자연스레 수염을 기르곤 한다. 선원의 타인과 단절을 보여주는 행위가 수염 기르기이다. 수염은 시간에 대한 반응인 셈이다.

수염을 기르기 위해서는 장시간의 시간이 소모된다. 그런 시간의 소모를 가장 간절히 바라는 건 선원들이다. 지금 이곳에서의 시간이 소모되는 것은 집에 가는 시간이 가까워짐을 의미한다. 길어진 머리카락과 수염은 그 시간이 얼마나 지나왔나에 대한 나침판이다. 그렇게 덥수룩하게 길러놓은 수염은 대개 배에

컨테이너선

서 내리는 때가 오면 깔끔하게 지워내고, 길었던 머리카락은 곧장 미용실에서 잘라낸다. 배에 있는 나와 육지의 나를 구분하기 위한 것이다. 배에 오를 때, 나 역시 이전의 나와는 구분된 기분이 든다.

대개 내가 머무는 곳의 위치를 말하자면 34˚ 55N – 124˚ 35E로 표현된다. 창밖으로 우리 배를 바라본다. 축구장 한 개쯤의 크기가 내 앞에 펼쳐져 있다. 그곳을 제외한 모든 공간은 바다. 가끔 여기가 물로 가득한 다른 행성이라고 느낀다. 원양상선 여기가 내가 있는 곳이다.

배에 있으면 언제나 승선 날과 하선 날을 떠올린다. 승선했던 날은 며칠이 되었든 까마득하게만 느껴진다.

    "내가 언제 탔더라?"

머릿속에는 탔을 때의 기억은 생생하지 않다. 반면, 오지도 않은 하선 날은 달력에 D-DAY를 만들며 하루를 x자로 지워 나간다.

갱웨이

배에 오르기 위해서는 계단이 필요하다. 우리는 그것을 갱웨이(GANGWAY)라고 부른다.

갱웨이란 '갱(GANG, 인부)'과 '웨이(WAY, 길)'이 합쳐진 말로 우리가 배로 올라갈 수 있는 유일한 길이다. 인부란 일하는 사람을 뜻한다. 이 길은 일하는 사람들을 위한 길이다. 이 길에 오른다는 것은 내가 어떠한 목적으로 오르는지에 대해 명확히 알려준다. 대개 미래가 창창한 길을 꽃길에 비유하곤 하는데 갱웨이는 철제로 된 차가운 길이다. 철의 성질대로 차갑고 딱딱한 이 길이 선원의 운명을 비유하는 데 그만이라고 생각한다.

이 유일한 통로는 배에서 내리는 단 하나의 길이기도 하다. 서로 다른 세계를 이어주는 도구, 이 길을 오르는 것은 앞으로의 나의 시간은 육지와 단절됨을 이야기한다. 반대로 휴가를 받아 집에 갈 때는 바다와의 단절을 의미하는 끝점이기도 하다. 갱웨이는 선원에게 다른 세상을 연결할 수도, 동시에 끊어낼 수도 있는 유일한 길인 셈이다.

갱웨이를 통해 배에 오르면 배 특유의 메케한 냄새가 난다. 오래된 철의 냄새와 기름 냄새이다. 처음 올라가면 코끝을 찡그리게 되는 이 냄새는 시간이 지나면 익숙해져 버리는 배의 냄새이기도 하다.

배 위의 모습은 모두가 철판이다. 지금 타고 있는 배는 컨테이너지만, 컨테이너 말고도 많은 종류의 배가 있다. 어떤 배의 갑판은 덮개, 평평한 어떤 배는 둥그란 탱크다. 그물이 존재하는 배도 있다. 갑판의 모습이 어떻게 생겼느냐가 배의 용도를 설명한다. 화물을 넣고 뚜껑을 닫는 덮개가 있다면 벌크선, 컨테이너가 있다면 컨테이너선, 탱크가 보인다면 LNG선, 그물이 있다면 어선이다. 모양은 다르지만 배는 다 비슷한 원리다. 자동차가 겉모습이 다르다고 차가 아닌 것이 아니듯 배는 배다.

벌크선

LNG선

어선

　무엇을 싣느냐가 그 배를 결정한다. 사람을 태우면 여객, 석탄을 실으면 석탄선, 원목을 실으면 원목선이 된다. 용도에 따라 갑판이 다른 것처럼 용도에 따라 배의 크기도 천차만별이다. 먼 외국을 나갈수록 배가 커진다. 멀리 나가기 때문에 한꺼번에 많은 양을 실어야 하기 때문이다. 같은 어선이어도 낚싯배는 작고 원양어선은 큰 이유도 이렇다. 많이 실으면 배가 크고, 적게 실으면 배가 작다. 사람도 생각을 많이 하면 큰사람이 되고 생각 없이 살면 작은 사람이 되는 것처럼, 외국물을 먹으면 커진다고 하는 것도 이와 비슷한 원리 같다. 무엇을 담고 사느냐가 그 배를 결정하듯 무슨 생각을 하느냐가 사람의 그릇을 결정하니까 말이다.

나를 태우는 배도 마찬가지다. 어떤 배를 타느냐가 그 선원의 생활을 결정짓는다. 컨테이너선은 부두가 대도시 근처에 많다. 컨테이너 내부에 싣는 물건은 우리가 일상적으로 자주 사용하는 물건들이다. 핸드폰, 전자기기, 망고, 바나나 등 도시에서 자주 사용하는 물품들이기에 도시 근처에 부두가 있다. 그래서 대도시를 구경할 기회가 생긴다.

벌크선이나 탱커는 부두가 도시의 외곽에 위치하기에 상륙이 어렵다. 석탄, 목재, 광석, 가스 이런 건 도시 근처에 놔두기 어렵기 때문이다. 육지에 상륙하기 어려운 LNG선(액화천연가스선)에 승선하면 외국 구경은 훨씬 어렵다. 결국, 어떤 배를 타느냐에 따라 같은 선원임에도 다른 경험을 한다.

택배와 같이 빠르게 생필품을 운송해야 하는 컨테이너는 다른 배에 비해 꽤 바쁜 편이다. 컨테이너선이 바다를 항해하는 시간도 평균 1주 길어야 2주지만 벌크선이나 탱커는 기본이 2달, 3달이다. 석탄이나 가스를 빠르게 이동할 필요는 없다. 그런 차이가 배 안의 사람들에게 영향을 미친다.

컨테이너선: "야! 빨리빨리 해라. 모레 입항이다!"

벌크선: "내일 해도 되니까 천천히 해~ 어차피 입항하려면 두 달이나 남았어."

그런 바쁨과 느긋함의 차이가 그 안에 있는 사람들의 성격을 예민하게 또는 느긋하게 만든다. 대도시를 가고 빠른 속도로 바쁘게 일하고 그로 인해 예민해지기 쉬운 컨테이너선. 그 경험이 지금의 나를 만들었다.

배 안의 것들

하얀 부분이 하우스 마린이다

　방에 누워 배라는 곳에 대해 생각한다. 내가 머무는 갑판 위의 이 공간을 '하우스 마린'이라고 부른다. 이곳에는 방들이 모여 있다.

방에는 화장실, 책상, 의자, TV까지도 모든 게 구비 되어 있
다. 물론 실시간으로 영상을 볼 수 있는 건 아니지만 외장하드
에 미리 받아온 영화나 드라마를 연결해서 볼 수 있다. 일하는
시간 외 배 안의 방들은 선원이 유일하게 휴식을 취하는 쉼터다.

방 안의 침실   선내 개인 방

하우스 마린의 방 구조는 직급의 순서대로 놓여 있다. 가장
높은 층은 선장 기관장, 아래층은 일항기사, 그 아래층은 부원
이 사용한다. 우리가 사는 아파트와 비슷하다. 높은 사람일수록
높은 곳에 위치한다. 위층일수록 비싼 아파트처럼 위층에 높은

직급의 사람들이 산다. 그래도 배는 아파트와 달리 위에 살수록 파도의 진동(롤링)에 더 영향을 받는다. 책임이 높은 만큼 부담을 갖고 살라는 것일까? 높은 곳에 있는 사람들이 책임을 다하길 바라는 건 어딜 가나 같아 보인다.

기관실의 위치. 해수면 아래다

배 안의 계단

배에서의 출근길은 계단이다. 큰 배에는 승강기도 있지만, 계단이 방과 직장을 연결한다. 기관부는 아래에 위치한 기관실로 내려간다. 선교(브릿지)가 있는 위로 올라가는 건 갑판부다. 이 위아래의 위치가 갑판부와 기관부를 나누는 기준이다. 우리는 같은 선원이지만 다른 공간에서 지낸다. 선장님의 직급이 배에서 제일 높은 것은 높은 곳에 존재하기 때문일지 모른다.

내가 일하는 기관실은 배의 아래쪽에 있다. 가끔 기관부들은 스스로 '물고기'라고 우스갯소리로 말하곤 한다. 우리는 해수면 아랫부분에서 생활하기 때문이다. 기관실 역시 모든 게 철판으로 되어 있다. 배에서 가장 중요한 것은 프로펠러를 돌리는 엔진이다. 영화 〈설국 열차〉처럼 엔진은 위대하다. 엔진은 배의 심장이다. 엔진이 멈추어버린다면 바다 한가운데서 표류하거나 태풍을 만나서 좌초될 수 있다.

그래서인지 기술이 발전한 지금까지도 옛 선원들이 그랬던 것처럼 안전 항해를 위해 바다 용왕에게 제를 지내는 '안항제'라는 것을 한다. 음식을 차리고 술을 올리고 바다에 음식과 술을 뿌린다. 아무리 과학기술이 발전해도 불안에 대한 해결은 믿음으로 보인다.

배는 쉽게 말하면 짐을 나르는 택배다. 항해사는 트럭을 모는 택배 기사고, 선박 기관사란 택배 트럭의 엔지니어다. 물론 기계가 있는 보닛에 산다는 것과 짐을 조금 더 많이 옮긴다는 것, 집에서 집이 아닌 나라에서 나라로 옮긴다는 차이가 있다.

한국에서 출발해서 미국, 중국 다시 한국 이렇게 출발점을 떠나 다시 그 출발점으로 한 번을 돌아오는 것을 한 항차라고 한다. 항차가 짧다면 1달이지만 지구 반대편 남미에서 유럽을 돌아오면 3달이 되기도 한다. 택배 배송이 느리면 짜증을 내는 것처럼 화물을 운송하는 컨테이너선은 정해진 스케줄을 맞추기 위해 빠르게 이동한다. 20노트 약 36KM/H 정도로 바다에는 멈추어 설 신호등도 없으니 전력으로 짐을 실어 나른다.

어떤 배를 타든 원양이라는 단어가 붙으면 먼바다를 나가 바다에서 시간을 보내는 일이 주를 이룬다. 배를 탄다고 하면 대다수가 묻는 말은 "어선이냐?"라는 말이지만, 모두가 파도를 맞는 선원이라고 해도 보다 더 거센 파도를 더 겪는 사람이 정해져 있다.

내항선 같은 경우는 바다에 있는 시간이 적다. 연근해를 다니기에 3시간 만에도 육지에 도착한다. 길어야 하루, 이틀 만에 육지에 배를 대는 내항 화물선은 크게 위험할 일이 없다. 육지에 도움을 청하면 되는 일이다. 하지만 망망대해에 떠 있는 원양은 많은 준비가 필요하다. 누구에게도 도움을 받을 수 없는 환경으로 내항을 항해하는 배보다 더 많은 준비가 필요하다. 부속품을 챙기고 예비품을 챙기고 외부로부터 도움받을 수 없는 그 상황을 위해 공부하고 실력을 키운다.

화물의 가치는 곧 배의 가치다. 화물이 비쌀수록 그걸 관리하는 기준이 까다로워진다. 물고기보다 화물이, 내수용보다 수출용이 더 비싸기에 내항보다는 외항이, 어선보다는 상선이 조금 더 높은 조건을 필요로 한다. 그래서 배 탄다고 했을 때 "고기 잡아?"라는 말은 상선 선원들에게는 상선 선원으로서 인정받지 못한다고 느끼게 한다.

배에는 다양한 국적의 사람들이 승선한다. 원양상선 같은 경우에는 대략 20명 정도가 승선하는데 사관들은 대부분 한국 사람들이다. 부원들은 인도네시아, 미얀마, 필리핀으로 다양하다. 다양한 문화의 사람들과 함께 지내는 것은 때로는 특별한 경험이 되기도 한다.

배에는 열 가지 이상의 직책이 존재한다. 선장은 배의 총책임자이자 갑판부의 장이다. 항해 당직 외에도 일항사는 화물을 관리하고, 이항사는 항해 장비 관리 및 항로를 계획하고, 삼항사는 입국 서류 및 안전장비를 관리한다. 갑판장은 갑판의 일을 도맡아 한다.

그 밑에는 갑판수, 항해할 때 조타기를 잡는 타수도 있다. 기관부는 기관실의 책임자인 기관장, 메인 엔진을 담당하는 일기사, 발전기를 담당하는 이기사, 보일러 및 냉동기를 담당하는 삼기사가 있다.

또 그 밑에는 기관의 일을 하는 조기장, 조기수가 있다. 사주부는 밥을 하는 조리장, 설거지 및 청소를 하는 조리원으로 구성되어 있다. 때로는 실습하는 학생인 실습항해사와 실습기관사가 타기도 한다.

기관실에는 다양한 기계가 있다. 배에서 쓰는 물을 만들기 위해 바닷물을 끓여 물을 만드는 조수기, 물을 끓여 스팀을 만드는 보일러, 그 스팀을 이용해 기름을 가열하고 불순물을 제거하는 청정기, 그 기름을 연료로 돌아가는 발전기, 메인 엔진, 발전기가 만들어낸 전기로 사용되는 기계들, 그 기계로 조정되는 배. 모두가 하나의 유기체처럼 연결되어 있다. 배에는 모든 일은 혼자서는 할 수 없다는 게 기계에서도 드러난다. 직급 뒤에 '사'자가 들어가는 것은 사관으로 군대와 같이 책임을 지는 직책이다. 사관은 그런 의미다. 밑에 부원을 감독하고 지시하고, 책임지는 역할이다.

배는 주상복합이다. 집도 직장도 체육관도 주방도 노래방도 함께 있다. 커다란 냉장고에는 몇 달간의 식량을 싣고 다닌다. 연락은 이메일을 통해 한다. 바다에서는 카톡도 인터넷도 전화도 되질 않는다. 인공위성을 통한 전화가 있을 뿐이다. 다른 사람들에겐 낯선 공간이지만 내게는 너무 익숙해져 버린, 설명하는 게 어색한 그런 공간을, 그 이야기를 해볼까 한다.

브릿지, 견시하고 배를 조타하는 곳이다

브릿지에서 본
정면 모습,
바다가 보인다

배를 타며 파도치는 내 마음을 읽습니다

ECR(ENGINE CONTROL ROOM),
이곳에서 기기를 조작한다

ECR에서 바라본 기관실의 모습. 온통 철로 된 풍경이다

일기사, 이기사, 삼기사

배에 있다 보면 종종 다른 사람이 되는 것 같다.

　　"야, 삼!!!!! 삼!!!! 삼!!!!!!"
　　"네?"
　　"귀먹었냐? 삼! 너 말이야!"

언제부터 내 이름이 숫자가 되었을까? 나라는 사람이 한 단어의 숫자로 불리게 되는 것, 그것이 배의 생활이다. 배에는 숫자가 사람의 존재 가치다. '일기사', '일항사', '이기사', '이항사',

'삼항사', '삼기사'처럼 일에 급을 매기는 숫자가 붙는다. 기관사인 우리는 '숫자+기사', 항해사는 '숫자+항사'로 불린다.

기관사의 직급은 기관장, 일기사, 이기사, 삼기사 순, 갑판부는 선장, 일항사, 이항사, 삼항사 순이다. 직급이 올라갈수록 앞에 붙는 숫자는 줄어든다. 1보다는 3이 큰 수지만 배에서는 반대다.

배에는 계급에 따라 위아래가 있다. 직급이 존재하는 배 안에서는 서로가 평등할 수 없다. 하지만 직급은 업무의 범위 안에 한정되는 것임에도 사람들은 종종 직급과 자신을 같은 것으로 혼동할 때가 있다. 편의상 윗사람은 아랫사람을 숫자로 지칭했다. 특히 막내들인 삼기사와 삼항사에게, 앞뒤를 잘라먹고 '삼'이라 불렀다.

삼기사 시절 반년 동안 난 사람들로부터 이름을 듣지 못했다. 이름을 불러주는 사람은 없었다. 어차피 이 배에서 내리면 다시는 볼 일 없는 사람이기 때문인지, 일어나는 순간부터 잠드는 순간까지 난 '삼'이었다. 그것은 흡사 영화에서나 듣던 죄수번

호 같이 들렸다.

교도소는 시간의 형벌이다. 모두에게 똑같이 주어지는 시간을 빼앗아가는 것이다. 이따금 바다 위에 떠 있는 내 직업도 닮은 구석이 있다고 느꼈다. 그래서인지 나이 많은 선원들은 배를 타는 것은 전생의 죄 때문이라는 우스갯소리를 하곤 했다.

배에서는 일과가 끝나 작업복을 벗고도 '나' 자신으로 돌아갈 수 없다. 육상 근무라면 퇴근한 뒤 친구를 만나거나, 가족에게로 돌아가 그들로부터 '나'를 확인할 수 있을 테지만 퇴근 후 머무는 방마저 배인, 배 안이니까, 퇴근이란 있을 수 없다.

배는 공과 사가 구분되지 않는 공간, 집이 일터고 일터가 집인 공간인 그런 곳이다. 나는 퇴근해서도 '삼'이고 당신은 내 상사이며, 나는 내 이름으로 불리는 날이 없다. 배에선 내 이름과 함께 나를 잃어간다. 가끔 난 내 이름을 불러보곤 했다. 잊지 않기 위해 '동현아' 하고.

이름이 필요하지 않은 건 '나'라는 사람의 필요에 대한 문제다. 이동현인 내가 아니라 그 직급에 불릴 사람이 필요한 것이니까. 이런 상황은 배의 조수기를 떠오르게 한다. 조수기는 바닷물을 끓여 배에 사용하는 물을 만드는 기계다. 조수기에서 만들어지는 물은 증류수로 바다의 특성이 없다. 소금기가 증발한 물은 짜지도 미네랄이 포함되어 있지도 않다. 그저 증류수다. 지중해의 물이건, 태평양의 물이건, 중국 황하의 노란 물이건 조수기를 거치면 그저 다 같은 증류수가 되어버린다. 조수기를 거치면 원래 특성을 잃어버리는 바닷물처럼 배에 있는 사람도 그렇게 똑같이 증류되는 것인지도 모른다.

어릴 적 보았던 〈센과 치히로의 행방불명〉이라는 영화가 떠올랐다. 치히로는 자기 이름을 잊은 채 센이라는 마녀가 지어준 이름으로 목욕탕에서 일을 한다. 그곳에서 일하는 사람들은 마녀의 마법에 걸려 자기 이름을 잊은 채 살아가는데, 이름을 기억해내지 못하는 한 그들은 그곳에서 나올 수 없다. 어릴 적에는 그것이 그저 마녀의 마법인 줄만 알았지만, 직업이라는 것은 원래 그렇게 자신의 이름을 지워 나가는 게 아닐까 싶다. 사방이 강철로 된 배라는 곳에서의 내 일이야말로 이름을 망각하게 하니 말이다.

　일반적으로 사람들이 시간을 구분하는 방법과 배에서 일하는 기관사가 시간을 구분하는 방법은 다를지도 모르겠다. 물론 시간을 구분한다는 말이 이상하게 들릴 수 있다.

　시계는 보이진 않지만 오전과 오후로 구분되어 있다. 시계의 타원 안에는 12시간이 존재한다. 시계의 시침은 정확히 하루 두 바퀴를 돌지만, 배 안에 있다 보면 지금이 오전인지, 오후인지 시곗바늘만 봐서는 분간할 수 없다. 시간을 가늠하려면 밖에서 들어오는 빛을 확인하는 방법뿐이다. 만약 빛이 들어올 수 없는 공간에 머문다면, 어떻게 오전, 오후를 구분할 수 있을까?

ENGINE CONTROL PANEL의 시계

　배를 타면 바다 위로 솟는 일출을 볼 줄 알겠지만, 기관부인 우리에게는 허락되지 않는 일이다. 배 위에서 배를 운항하며 바다를 내려다보는 항해사들에게 바다와 햇빛을 보는 것이 일상이지만, 갑판 아래에서 일하는 우리에게 그 일은 일상적이지 않다.

　나의 출근길엔 해가 없다. 배 안에 있는 방에서 잠을 자고, 출근 시간에 맞춰 배 아래로 내려간다. 철로 된 계단을 따라 내려가면 기관실에 다다른다. 기관실은 늘 같다. 바닥도, 천장도, 벽도 강철로 된 빈틈없는 공간이다. 기관실은 수면 아래 잠겨 있는 배의 아랫부분에 위치하고 있어서 철벽의 바깥 공간은 바닷속이다. 그래서 배의 철벽은 두껍고 단단하다. 수면 아래 있으니 햇빛이 들어올 수 없다. 철로 된 암실을 상상하면 가장 흡사한 이미지일 것이다.

해가 뜨거나 지는 것과 상관없이 기관실의 빛은 일정한 형광 빛이다. 더 밝지도 어둡지도 않은 동일한 빛이 계속된다. 그런 곳에선 밤과 낮을 구별할 수 없다. 낮과 밤을 알아채는 것은 내 몸이다. 몸이 무거워지고 피곤이 밀려오면 밤이 된 것이다.

ENGINE CONTROL ROOM(ECR) 내부 모습

육지에 접안할 때면 '스텐바이'를 한다. 배를 육지에 대기 위해서는 선박이 많고 폭이 좁은 해역을 지나가야 하는데 이때 준비하는 것으로 엔진을 자주 쓰면서 발생할 수 있는 사고에 대비하기 위해 기관실에서 대기하는 것이다. 육상 접안 시간은 순서가 정해진 게 아니어서 바다에 떠 있다가 항구에 자리가 나면 부두에 배를 댄다. 앞선 배의 하역이 덜 끝났거나 항구 내에 자리가 없으면 언제가 될지 모르는 그 시간을 기다린다. 상황이 이렇다 보니 새벽에 일어나 일을 하기도 한다.

배에서 스텐바이를 하면 선내 방송으로 경적을 울리는데, 뱃일에 익숙해진 몸은 그 소리에 즉각 반응하며 일어난다. 일종의 조건반사다. 졸린 눈을 비비며 작업복을 입고 부리나케 기관실에 내려가며 시계를 본다. '지금 몇 시지? 9시? 밤 아홉 신가? 무척 피곤하네'라고 생각해 기관실 밖으로 나가보면 아침이다. 빛이 없으니 그렇게 시간에 무감각해진다.

때때로 시차가 바뀌다 보면 시간에 대한 개념도 모호해진다. 배는 비행기와 달리 매번 시간대에 따라 조금씩 시차를 조정한다. 한국에서 미국으로 갈 경우, 미국과 한국의 시차는 －14시간이다. 비행기라면 하루 만에 도착해서 반나절 적응을 하면 되지만, 배는 미국을 향하는 조금씩, 조금씩 시간을 맞추어나간다. 대략 미국까지 2주가 걸린다. 이 2주 동안 하루에 1시간씩을 전진한다. 시간 전진이란 20시에서 바로 21시가 되는 것인데, 하루가 24시간이 아닌 23시간이 된다. 때로는 시간을 맞추기 위해 하루를 skip 한다. '월-화-수-목-토-일.' 이렇게 한 날짜 없이 바로 다음 날짜가 되는 것을 말한다. 반대의 경우도 마찬가지이다. 1시간을 후진하면 하루가 24시간에서 25시간이 되고, 21시가 다시 20시가 되는 것이다.

이렇게 시차에 맞추어 시간을 변경할 때면, 배의 시계는 밤 11시를 가리키지만, 실제론 10일 전 한국에서 출발할 때 시간 기준으로 한다면 점심쯤이다. 열흘 전만 해도 한국에선 점심을 먹던 시간대에 잠을 자려고 하면 잠이 오질 않는다.

과학적으로는 시차의 원인이 생체시계가 환경에 동기화하는 방식 때문이라고 한다. 시차 적응에 차이가 나는 이유는 우리

뇌의 한가운데에 있는 시교차 상핵이 고유한 생체시계이기 때문이다. 그 덕분에 사람은 매일 비슷한 시간에 잠이 들고 일어날 수 있는데, 외부 환경이나 수면 패턴이 급격히 바뀌면 스스로 태양빛과 온도 등을 인지해 생체시계를 맞춰나간다고 한다. 그래서 햇빛을 인지하지 못하는 환경 때문인지 매번 바뀌는 생체시계는 내가 어디에 머무르는지 모르게 했다. 배에서의 잠은 자도 자도 피곤했다.

시계가 처음 발명되었을 때 '자신의 고유한 시간'과 다른 '시간'에 맞추지 못함에 따라 많은 사람들이 우울증에 걸렸다고 한다. 배에서 시간을 언제 늘릴지 줄일지, 일주일에 금요일을 없앨지 토요일을 없앨지, 이렇게 임의로 시간을 조정할 때면, 결국 시간이라는 것도 인간이 만들어낸 허상이라는 생각도 하게 된다.

살면서 우리는 시간이라는 숫자에 지나치게 연연한다. 20살에는 무얼 해야 하고 30살에는 무얼 이뤄야 한다는 건, 실은 타인들의 비교임에도 말이다. 내 인생 시계는 나만의 속도로 가고 있는데, 타인의 시간에 맞추려니 자꾸만 마음에 시차가 생긴다.

그 시차에 억지로 나를 맞추려니 피곤해진다. 배에서처럼.

계속 바뀌는 시간 때문인지 배에 있으면 마음도 어느 한 곳에 머무르지 못하는 것 같았다. 마음의 기준점을 찾고 있었다. 기준이 있으면, 어디쯤 있는지 알 수 있을 텐데 말이다.

'마음의 낮과 밤을 구분할 줄 알게 되었으면.'

PART 3

배에서 마주한 또 다른 현실

생각보다 많은 이들에게 "저번에 탔던 배를 타나요?"라는 질문을 받곤 한다. 같은 배를 타는 건 맞지만, 매번 같은 배만 타는 건 아니다. 통상 승선하게 되면 6개월에서 최장 10개월 동안 배에서 생활한 후 배에서 내려 2~3달 휴식 후 다시 승선한다(법적으로 배는 10개월 이상 못 타게 되어 있다. 과거에는 배를 1년, 길게는 2년 정도 탈수 있었으나 요즘엔 절대 불가능한 일이다).

이때 나가는 배는 그전과 같은 배가 될 수 있다. 하지만 대게 회사에 있는 다른 배로 승선하게 된다. 휴가가 다가오는 같은

직급인 선원과 교대를 한다. 그렇게 되면 또 새로운 배에서 적
응해야 해서 힘들겠다는 우려와 달리 배라는 게 비슷해서 대체
로 금방 그 배에 적응한다.

새로운 배에 금방 적응할지라도, 매번 다른 사람들과 함께한
다는 건 배의 공간이 익숙한 선원들에게도 아직 낯선 일이다.
배에는 20명 남짓의 사람들이 승선하는데 배를 몇 년 타다 보면
아주 간혹 한두 명 다시 만나는 경우도 있지만, 일반적으로 승
선하면 모두 낯선 사람들이다.

배를 타면 어디를 가는지, 세계를 다 돌아봤는지 묻는 경우가
많은데, 배를 탄다고 전부 세계를 보는 건 아니다. 회사마다 운
항하는 항로가 다르기 때문이다.

흔히 한국·일본을 다니면 한일선, 한국·중국·일본을 다니면 한
중일선이라고 부른다. 이름 그대로 한국, 중국, 일본만 다닌다.
그것도 정해진 항구만 계속 반복한다. 부산이면 '부산', 일본의
나가사키면 '나가사키', 중국의 청도면 '청도' 이렇게 항구도시

를 번갈아 가며 짐을 옮겨 다닌다.

> 예) 부산 → 나가사키 → 청도 → 부산 (1항차)
>
> 부산 → 나가사키 → 청도 → 부산 (2항차)
>
> .
>
> .
>
> .
>
> 부산 → 나가사키 → 청도 → 부산 (n항차)

이렇게 자신의 모항으로 돌아오는 것을 1항차라고 부르고 이렇게 한국에 들어가는 배를 기항선, 한국에 들어가지 않으면 불기항이라고 부른다.

> 예) 나가사키 → 청도 → 나가사키 → 청도 (한국 기항 X=불기항)

내항선이면 국내의 항구 사이만을 항해한다. 태평양과 같은 대양을 항해하는 배를 원양선이라고 하는데 그런 배를 탄다고 해도 모든 외국을 가볼 수 있는 것은 아니다. 회사에서 그런 노선이 있어야 하며 설령 있다 하더라도, 유럽을 가는 배를 보내줄지 남미를 가는 배를 보내줄지 알 수 없다. 모두 운이다. 그렇기에 원양선사에 30년 근무하신 선원분들이라도 못 가본 나라들이 존재한다.

그렇게 배가 외국에 도착해 육지에 정박하면, 배가 싣고 나르는 화물에 따라 정박시간이 다르다. 컨테이너선의 경우 짐이 적으면 6시간, 많으면 하루 정도 항구에 정박해 있다. 평균적으로 길어야 하루 안쪽이다. 화물 작업 기간이 긴 벌크선의 경우 며칠 동안 정박하기도 한다. 정박해 있는 시간은 화물을 내리는 적재능력에 따라서도 다른데, 컨테이너 기준으로 중국처럼 사람도 많고 기술이 좋으면 빠르면 6시간 만에도 짐을 다 내리고 출항한다.

반면, 아프리카나 남미처럼 짐을 내리는 기술이 부족하면 3일 정도 걸리곤 한다. 선원들 입장에서는 짐을 빠르게 내리든 느리게 내리든 육지에 오래 있는 것이 좋다. 그래야만 배가 정박해야만 할 수 있는 일을 하거나 잠시 배 밖을 구경 나가거나, 로밍해서 가족들과 연락할 수 있기 때문이다.

배에서 먹는 식재료 역시 정박 중에 선적한다. 배에서 먹는 음식을 선식이라고 하는데, 배에서 필요한 물품을 미리 주문하면 배가 입항한 항구에서 물품을 올려주는 선식 업체가 있다. 선식의 양은 동네 마트에서 일주일 치 이렇게 사는 게 아니라 1~2달 치를 한꺼번에 사서 물품이 굉장히 많다. 그런 많은 음식을 보관하기 위해 배 안에는 커다란 냉장고가 있으며 거기에 보관된 재료를 가지고 조리장이 음식을 만들어준다.

선박 기관사의 일은 배가 잘 운항할 수 있게 정비하는 것이다. 자동차 정비사와 비슷하지만 다른 점은 자동차 안에서 집채만 한 엔진을 정비한다. 정비는 육상에서 기기를 정비하는 것과 똑같다. 고장 난 부분을 수리하고 고장 나기 전에 유지 관리를 한다.

배에는 비상 상황을 위해 모든 기기가 2대 이상 존재한다. 발전기 하나가 문제가 생겨도 다른 발전기로 전기 공급에 차질을 주지 않기 위해서다. 다만 메인 엔진 같은 경우는 1대밖에 없어서 각별한 관리가 필요한데 엔진이 운전하는 도중 정비할 수 없고 망망대해에서 엔진을 정지해놓을 수도 없으니, 메인 엔진을 정비할 수 있는 시간은 육지에 접안할 때다. 커다란 엔진을 정비하는 데 짧게는 3시간 길게는 9시간까지 걸리는 일이라 하루 남짓 정박하는 항구(PORT)에서는 종종 밤을 새우며 일을 하기도 한다.

"배에서 자는 동안에 문제가 생기면 어떻게 하나요?"라는 질문에 답은 "배에는 항상 당직을 서는 사람이 있습니다"이다. 시간을 나누어서 누구는 낮에 누구는 새벽에 근무하여 24시간 빈틈없이 배를 관리한다. 최근 기관실의 경우에는 UMA(UNATTENDED MACHINERY AREA) 무인화 시스템이 설치되어 있어 야간에는 당직을 서지 않는다. 그 대신 방에 설치된 알람이 울린다.

"삐잉~!! 삐잉~!!"

자다가 알람이 울리면, 졸린 눈을 비비며 기관실로 내려간다. 언제 어떤 문제가 생길지 모르니 배에서는 완벽한 휴식이란 없는 셈이다.

프로펠러를 돌리는 메인 엔진. 크기가 빌라만 하다
사람이 발 딛고 있는 부분은 3층. 1층에서 3층까지 모두 메인 엔
진이다

배 안에서 작업하는 모습. 메인 엔진의 소기 챔버를 소제 중이다

메인 엔진 점검을
위해 들어갔다
나오는 모습

기관실의 FAN(송풍기).
기관실은 철로 밀폐된
공간이기에 대형 FAN으로
공기를 주입한다

배를 타며 파도치는 내 마음을 읽습니다

배에서 전기를 만드는 발전기

한편, 배 안에 있는 동안 무엇을 하며 시간을 보내는지 궁금해 하는 이들이 많은데, 일반 사람들과 마찬가지로 재밌는 영상을 보며 시간을 보내곤 한다. 주로 '디빅스'를 통해 영상을 보는데, 배 안에서 보는 영상을 디빅스라고 부른다.

divx(디빅스)

외장하드에 다큐, 드라마, 예능, 성인영화까지 100gb가량의 영상들이 담겨 올라온다. 디빅스는 이 영상들을 전문적으로 올려주는 업체에 돈을 지불하고 매달 정기적으로 받기도 하고 때론 선식에서 서비스로 제공한다. 때로는 교대자에게 "디빅스 좀 받아와라"라고 메일을 보내 부탁을 하기도 한다. 대체로 디빅스를 다운 받아오는 일은 막내들의 일이다.

드라마를 재밌게 보는 방법은 2가지다. 한 번에 몰아서 보거나, 또는 정말 간절하게 다음 화를 기다리는 것이다. 배에서는 딱 그 2가지뿐이다. 한꺼번에 올라온 드라마를 밤새워 보든지 또는 애타게 다음 이야기를 추리하며 드라마를 즐긴다. 그렇기에 선원들에게 드라마는 빼놓을 수 없는 취미다.

이러한 이유로 막내가 디빅스를 안 받아오거나 하는 날에는 고생길이 펼쳐진다. 디빅스에 대해 재밌는 추억을 이야기하자면 때로는 예능도 드라마처럼 간절하게 다음 편을 기다리는 경우가 있다. 그것은 바로 〈프로듀스 101〉이었다.

남자들이 대부분인 배에서 프로듀스 101은 혁명이었다. 우리는 매번 그 한 회, 한 회를 소중히 보았다. 어느 순간에는 고수의 영역인 마니아적인 수준에 도달하기도 한다.

　"야, 2화에 몇 분, 몇 초에 나오는 사람 예쁘지 않냐?"
　"아! 노란색 머리? 나도 그렇게 생각했는데!"

　이런 프로가 재밌는 것은 실시간 문자 투표와 인터넷으로 진행되는 공방인데, 우리는 그걸 할 수 없으므로 오직 영상으로만 판단할 수밖에 없다. 다음 화가 진행되고 예쁘다고 생각한 사람이 순위에서 내려가면 '혹시 무슨 논란이 있어서 떨어진 건가?' 추측할 수밖에 없다. 그렇기에 주요한 멤버가 외국 사람인 것도 마지막 화에서나 알았다.

　"야! 그 사람, 한국 사람 아니라는데?"
　"헐! 한국어 왜 이렇게 잘해?"

　모두 배에서만 있을 수 있는 소소한 재미다. 몇 년 후 남자아이들이 모여 하는 〈프로듀스 101 시즌2〉를 한다는 걸 들었다. 물론 보지 않았다.

기관실(FLOOR DK PORT SIDE)

"우쿠쾅쾅착파켁끼깍웅우쿠쾅쾅착파켁끼깍웅우쿠쾅쾅

착파켁끼깍."

시끄러운 기계 소리가 고막을 긁는다. 굉음을 말로 표현하기란 쉽지 않다. 이런 소음은 어떤 소리라고 표현해야 할까? 새벽에 여러 대의 차가 클랙슨을 터트리는 소리? 손톱으로 칠판을 긁는 소리? 음치가 헤비메탈 한다고 고함지르는 소리? 대형 스피커에서 나오는 쇳소리? 윗집에서 새벽에 청소기를 돌리는 소리? 세상의 모든 불편한 소리를 합친다면 이런 소리가 들릴 듯하다.

기관실은 24시간 멈추지 않고 돌아가는 기계 소음으로 가득하다. 사람만 한 자동차 엔진에서 나는 소리도 시끄러운데, 3층 빌라만 한 엔진이 내는 소리는 상상을 초월한다. 이러한 소음 때문에 기관실에 진입하기 위해서는 귀마개를 귀에 착용하는데, 이 귀마개가 기관실에서 일하는 우리를 우습게 만든다.

기관실의 사람들은 착각 속에 산다. 기관실의 소음은 몹시 시끄러워서 귀마개로 귀를 막아도 그 소음이 귀 옆에서 청소기를 돌리는 것만큼이나 시끄럽다. 하지만 엄청난 소음에서 벗어났다는 생각 때문인지 귀마개로 막았다는 이유만으로 편안함을 느낀다. 일상생활이었다면 시끄럽다 했을 정도의 소음이지만 우리는 기관실에서 편안함을 느낀다.

소음 안에서 함께 일하려면 어떤 식으로든 의사소통은 필요하다. 웬만한 말소리는 들리지 않는다. 그러므로 기관부의 사람들은 자연스레 소리치는 게 익숙해져 가고 들리지 않아도 대충 눈치로 알아채기 시작한다.

이런 특성 때문에 배에 익숙하지 않은 기관부 초년생들은 몹시 당황스럽다. 시끄러워서 들리지도 않는데 사람들은 소리치고 있으니까. 화내는 게 아닌데도, 화를 내는 것처럼 보인다.

> "우쿠쾅쾅착팍켁끼깍 '스페너!!!' 웅우쿠쾅쾅착팍켁끼깍 웅우쿠쾅쾅착팍켁끼깍."

> "우쿠쾅쾅착팍켁끼깍 '네??!!' 웅우쿠쾅쾅착팍켁끼깍웅 우쿠쾅쾅착팍켁끼깍."

"우쿠쾅쾅착파켁깍 '스페너 가져오라고!!!' 웅우쿠쾅쾅착파켁끼깍웅우쿠쾅쾅착파켁끼깍."

"우쿠쾅쾅착파켁끼깍 '네??!!' 웅우쿠쾅쾅착파켁끼깍웅우쿠쾅쾅착파켁끼깍."

"우쿠쾅쾅착파켁끼깍 '야, 이 XX야!!! 왜 못 알아먹냐??!!' 켁끼깍웅우쿠쾅쾅착파켁끼깍."

그런데 이상한 일인 게 욕은 기가 막히게 잘 알아듣는다. 우스운 상황이다. 귀를 막아놓는데 왜 말을 못 알아듣는다고 묻는다는 것인가. 못 알아듣는 게 어쩌면 당연한 상황인데, 상대방이 내 말을 이해하고 있다고, 내 이야기를 알아들을 수 있다고 착각하고 있다. 그것은 비단 기관실에서만은 아닐 것이다.

종종 배를 오래 타신 기관 선원 중에는, 귀마개를 하지 않는 사람들이 있다. 예전에는 기계의 문제를 잘 파악하기 위해 귀마개를 못하게 했다고 한다. 그 당시의 사람들은 이 말도 안 되는 굉음을 어떻게 견뎌냈던 것인지. 자신의 귀를 생각하기보다 기계에 대한 책임감이 더 컸을 수도, 또는 말을 못 알아듣기라도 하면 벼락같은 질책을 받는 게 두려워서였을 수도 있었겠다. 일하다 보면 소음보다 '사람의 소리'가 더 무섭다는 걸 알게 될 때가 있으니까 말이다.

기관실에서 귀마개를 하고 있으면서 우리네 인생도 이러한 귀마개가 필요하지 않나 하는 생각을 했다. 시끄럽고 신경 쓰이는 게 많은 우리 인생도 괜찮은 척, 큰 고통 앞에 작은 고통은 아무렇지 않은 척을 하는 것처럼 힘들 수밖에 없는 인생을 조용하다고 착각할 수 있는 그런 귀마개가 필요하지 않을까 하는 것이다.

나는 때로 기관실이 아닌 배를 타고 있는 일상에서도 귀마개를 하곤 했다. 배에서는 떨어지려 해도 떨어질 수가 없는 상황을 단절하고 싶은 마음 때문이었는지도 모른다.

기관부 출신인 우리 아버지도 귀가 좋지 않으시다. 어릴 적 아버지는 항상 텔레비전 소리를 크게 틀어두곤 하셨다. 어릴 적 아버지의 그 시끄러운 텔레비전 소리는 항상 내 방문을 타고 집안 전체에 크게 울려 퍼졌다. 나는 그 큰 소리가 너무 싫었다. 하지만 이제는 그 아버지의 텔레비전 소리가 작게 들리기 시작했다.

가끔 아버지는 자신의 잘 들리지 않는 귀가 좋을 때도 있다고 말씀하신다. 좋지 않은 소리도 잘 안 듣게 되지 않느냐고, 그렇게 아버지는 세상과 약간의 귀마개를 끼고 계시는지도 모르겠다.

오늘도 바다 어딘가에 누군가는 상대방이 귀마개를 끼고 있다는 것을 잊어버린 채 "너는 왜 말을 못 알아듣냐"라고 기관실에서 소리치고 있을 것이다. 어쩌면 대화가 되지 않는다는 건, 귀를 막아놓은 귀마개 때문이 아니라 상대방의 마음을 헤아리지 못하는 우리의 마음 때문인지도 모른다.

기관실의 기계들

배의 일상은 정교하게 맞춰진 기계와 같다. 언제까지 어디 항구에 도착해서 화물을 전달하고, 정해진 일정을 맞추기 위해 얼마의 일정한 속도로 가야 한다. 또 그에 따른 기계의 운전 시간에 맞춰 기계를 정비한다.

비단 업무적인 일뿐만 아니라 그곳 생활도 마찬가지다. 항상 같은 시간에 일어나서 매번 똑같은 색의 작업복을 입고, 같은 옷을 입은 어제와 똑같은 사람들과 매일 같은 공간에서 일하고, 같은 사람이 해주는 똑같은 밥을 먹는다. 다른 길이나 아침

출근길에 지나칠 수 있는 무수한 타인들을 만나는 일은 있을 수
없다. 배에서 일어나는 일은 그저 '놀라우리만큼 똑같은 하루'
의 반복이다.

프로펠러축, 배가 움직이는 한 항상 돌아간다

배에서 먹는 식사는 늘 일정하다. 월요일 오전은 스테이크,
수요일은 닭요리(닭요리는 요리사가 음식을 못할수록 자주 나온다), 금요
일 저녁은 삼겹살, 토요일 오전은 냉동 회, 일요일 점심은 면 요
리이다. 아침은 더하다. 된장국에 달걀 프라이, 김과 김치로 항

상 똑같다. 점심은 12시, 저녁은 18시, 언제나 같고 정확하다. "오늘은 피자를 먹어야지", "오늘은 치킨을 시켜 먹어야지"와 같은 일상적인 욕구가 이곳에서는 불가능하다. 바다 한가운데에서 배달음식을 시킨다면 배달료로 헬리콥터 한 대 비용이 나올 것이다. 어제와 오늘이 전혀 다를 것 없는 그런 하루, 오지 않은 내일마저 오늘과 같으리라 확신할 수 있는 일상. 그게 배 위의 삶이다.

지루한 배에서도 비일상적인 일이 일어나긴 한다. 바로 선원이 교대할 때다. 선원은 대략 6개월에서 길게는 10개월 정도 승선한다. 일정 승선 기간이 지나면 다른 사람으로 교대되는데, 배에서 낯선 사람을 만나 대화할 때는 그때뿐이다.

사람이 바뀌어도 배는 변함없이 굴러간다. 내가 없어도 잘 돌아가야 하는 게 조직이다. 6개월 동안 열심히 관리했던 기계도, 몇 달을 함께 생활했던 사람도, 그간 머물렀던 공간도, 날 대신하는 사람이 타는 순간 그간의 모든 의미가 사라진다. 나를 내려놓고 떠나는 배를 볼 때면, 저 배에서 내가 일을 했던가 하는 착각이 들 정도다. 출항하는 배를 보면서 어쩌면 나란 존재도 언제든 교환 가능한 기계의 부품이란 생각이 든다.

기계 같은 생활에 더해 나를 감정이 없는 사람쯤으로 대하는 사람들의 태도도 간혹 나를 기계로 느끼게 하는 데 한몫했다. 가끔 윗사람 중에는 아랫사람에게 감정이 없는 로봇인 것처럼 지치지 않는다고 생각하는 건지, 피로한 타인의 모습은 상관하지 않은 채 일을 시키기도 한다. 때론 로봇이니까 상처를 받지 않을 테니 자신의 감정을 푼다.

일이 끝난 밤이 오히려 무서울 때도 있었다. 일이 끝나도 끝난 게 아니었다. '회식'을 표방한 업무의 연장은 배 안에서도 이루어진다. 배에서의 회식은 드라마에 나오듯 "어머니가 아프셔서요", "집에 일찍 들어가 봐야 해서요"와 같은 핑계는 댈 수 없다. 배에는 우리뿐이고, 내 집은 배다. 집에 가겠다고 헬리콥터를 타고 갈 수는 없는 노릇이니까.

그럴 때마다 나는 어릴 적 학교에서 배웠던 '21세기의 기계화'를 생각하면서 가끔 혼잣말로 '삐리릭' 말하곤 했다. 사람들은 21세기를 '기계화의 시대'라고들 했다. 21세기에는 모든 것이 기계화되고, 로봇이라는 기계가 인간을 대신해 많은 것들을 변하게 한다는 것이다. 배에서 내가 경험하고 있는 사회는 그 말이 맞았다. 그 기계화가, 사람을 기계처럼 쓰는 기계화인지는 미처 알지 못했지만.

기계는 어디라도 고장이 나면 바로 안다. 알람이 울리거나, 소리가 난다거나, 어딘가 기름이 새어 나오며 이상을 알린다. 하지만 인간인 나는 그렇게 소리를 낼 수도, 어디서 뭐가 새어 나와선 안 된다. 입으로 불만을 표출하면 불이익을 받고, 어디에 뭐가 새어 나온다면 그건 병원을 가야 하는 문제가 된다. 기계와 다르게 밖으로 표가 나진 않았지만, 조금씩 마음과 몸에서 비틀리는 소리가 나기 시작했다. 난 기계가 아니어서 부품을 교체할 수도 망치로 두드릴 수도 없다. 기계를 만지는 기관사지만 기계는 아니었다.

배의 기계들은 압축공기, 연료, 윤활유 등을 일시에 소모하며 그 추진력으로 나아간다. 참, 배가 앞으로 나아가기 위해 소모되는 것 중에는 나도 포함되어 있다.

나는 기계가 아닙니다만…. 삐리릭.

기관실의 전동기(motor)들

바다 위에 드리운 그림자를 본 적이 있는가. 사방이 끝없는 수평선으로 펼쳐진 바다 위에서도 그림자가 있을까 싶지만, 파랗기만 한 수면 위에도 구름에 가린 그늘이 검게 드리울 때가 있다.

빛과 그림자는 하나이듯 배 위에서의 삶 또한 그렇다. 사람 있는 곳엔 문제가 있다. 좁은 배에서 서로 부대끼고 살다 보면 없을 수 없다.

배를 타며 파도치는 내 마음을 읽습니다

배는 떠다니는 섬이기 때문에 사람이 사는 데 필요한 모든 것들을 출항 전 실어두어야 한다. 이때 안전성이 검증된 것들만 선별된다. 기계도, 먹거리도 안전하다는 판명을 받아야 배 위로 오를 수 있다. 배 자체가 불안전성을 잠재하고 있어서 배에 오르는 것 중 불안정을 가중시킬 수 있는 것은 배제된다. 그런 배에서 가장 검증이 어려운 것이 사람이다. 배의 사고는 대부분 인재다. 그 중심에 불안정한 선원이 있다.

승선한 초년생들은 "집에 가!"라는 꾸지람을 종종 듣는다. 배에 있으면 정말로 집에 가고 싶지만, 타인의 입에서 나오는 '집에 가'는 두려움의 대상이다. "집에 보내주셔서 고맙습니다"라고 해도 모자랄 판이지만, 자의로 집에 가는 것과 쫓겨나는 것은 천지 차이이기 때문이다.

초년생은 대부분 특례생이다. 해양대학교에서는 졸업 전 해운회사 실습을 보낸다. 재학 중 한 학기 동안 선박으로 현장실습을 보내는 것인데, 학생이면서 실습생인 이 친구들은 때론 감정의 휴지통으로 전락한다. 막내이자 학생이라는 이유로, 취업을 위해 실습을 왔다는 이유로 함부로 대해지곤 한다. '자기 때는 더 했다'는 진부한 그 레퍼토리로….

실습생에게는 이 기간이 학사 일정이기에 이수를 못 하면 졸업이 어려워진다. 그것이 배 안에서 아이들을 꼼짝 못 하게 하는 족쇄다. 실습을 못 마치면 취업은 당연히 어렵다.

해양대 학생들은 입대를 대신하여 3년간 승선 복무를 한다. 그것을 승선근무 예비역(특례)이라고 부르는데, 졸업하고 승선해도 특례라는 족쇄가 다시 채워진다. 그 군대 때문에 자신의 권리를 내세우기 어려워진다. 학생 때는 졸업이라는 족쇄, 특례 때는 군대라는 족쇄가 채워진다. 특례가 끝나면 대개 스물여덟, 아홉이 된다. 특례가 끝나고는 어쩌면 불안이라는 또 다른 족쇄에 매인다. 눈앞에 서른이 아른거리면 불안해진다. 이게 맞는 것인지, 내려서 새로운 것을 하기엔 너무 늦은 듯하고 그렇다고 승선근무를 계속하기에는 고민되는 시기이다. 여전히 흔들리는 것보다 결정해야 하는 게 아닐까 하는… 그런 생각을 하게끔 한다.

관련 기사: [단독] 여전히 '바다 위 감옥'… 인권 사각지대 '승선근무 예비역' 〈한국일보〉

간혹 배를 교도소에 비유하는 건, 이러한 족쇄를 채우지 않으면 할 수 없는 직업처럼 보이게 만들기 때문이다. 대부분 특례라는 족쇄가 끊어지는 순간 배를 그만둔다. 학교 4년 승선을 위해서 국가에서 학교에 지원하여 양성하는 선원들은 딱 그만큼 3~4년 일하고 끝이 난다. 구속의 결과는 결국 자유를 향한 갈망인 것 같다.

최근 해운업계에서는 군 특례 폐지에 대한 논의가 뜨겁다. 구속에 대한 결과가 자유라면 처음부터 자유로운 분위기를 만들면 안 되는 것일까? 군대로만 보고 배를 타기엔 다른 장점들도 있는데 발에 묶여 있는 족쇄만 신경 쓰다 보니 다른 것을 보지 못하는 게 아닐까 싶다.

족쇄 말고도 또 다른 문제는 담배였다. 배에는 배려가 없다. 배에는 담배가 면세다. 애연가이면서 상사라면 배는 그들만의 천국이다.

일기

2014 / 08 / 24

토할 것 같은 담배 연기 속에 지내고 있다. 기관실을 가면 온몸에 담배 냄새가 밴다. 내가 담배를 안 피우는데도 사방이 담배 냄새이다. 스트레스를 안 받으려 해도 샤워 후 기관실만 다녀와도 몸이 담배 냄새로 절게 된다. 정말… 생각만 가득하게 만든다. 같은 부서라 벗어날 방도도 없다. 유일한 대피소가 바다라니…. 일하다 쉬는 시간인 티타임도, 이게 티타임인지 내가 담배 연기 마시는 타임인지. 일이 끝나도 내 방에 와서 담배를 피우니 방에 담배 연기가 가득 찼다. 그로 인해 코피가 나니 코가 문제라고 욕을 하는 사람들. 우리는 함께이면서도 다시는 만나지 않을 남이기에 그러는 것일까? 다시 만날 일 없는 남에게 함부로 대하듯.

동료들과는 잠시 함께하지만, 6개월 후면 다시는 만나지 않을 남이 된다. 길게 가져갈 인연이 아니어서일까. 그들에게서 배려라는 걸 찾아보기가 어렵다.

배에서의 폭력은 숨을 수 있다. 왜냐하면 증거가 없기 때문이다. 배에서 은폐하면 끝이다. 한 일화가 있다. 한 실기사가 있었다. 일기사의 계속되는 폭력으로 괴롭힘을 받았다. 일기사는 실기사에게 서류를 내밀면서 '배 타기 힘들어 자의 하선한다'라고 쓰라며 때렸다. 실습생은 두려워서 서류에 사인을 했다. 그렇게 배에서 쫓겨났다. 돌아와서 학교와 회사에 자초지종을 말했지만 소용없었다. 자필로 작성한 문서이니 책임은 당사자에게 있다는 말이 전부였다. 배에는 어떠한 증거도 남지 않았다.

폭력은 도처에 도사리고 있다. 선원 사이의 폭력뿐만 아니라, 이를 방치하는 회사의 방침 또한 폭력적이다. 회사의 이미지를 생각해 쉬쉬하고 감추는 것, 문제 있는 사람을 알면서도 선원이 부족하다는 핑계로 방치하는 것. 배에 그런 악인이 존재할 수 있는 것은 그들이 버젓이 일할 수 있는 환경을 만들어준 회사의 책임이 크다. 요즘 아이들은 녹음기를 차고 승선한다고 들었다. 배에서 일어나는 폭력에 대한 증거를 남기기 위해서란다. 처음 그 말을 들었을 때 배를 먼저 탄 나도 적잖은 충격이었지만, 오죽했으면 그럴까 하는 생각도 든다.

사방이 딱딱한 철들로 이루어진 배는 자칫하면 부상을 입기 쉬운 곳이지만 배를 타면 몸보다 마음이 다치는 일이 더 많다. 마음을 다치지 않았으면 좋겠다.

저질유를 청정하는 청정기. 청정기를 통하면 찌꺼기와 불순물이 걸러진다

캡틴, 오! 마이 캡틴

쉴 때면 공상 영화를 자주 본다. 영화 배경으로 자주 등장하는 곳은 암흑의 우주다. 우주는 광활하고 끝없이 비어 있다는 점에서 바다와 닮았다. 어떤 사건이 닥치고 일촉즉발의 위험이 엄습해오면 선장은 기지를 발휘해 승선원을 구하고 자신을 희생한다.

선장: "다들 대피해!"

일항사: "선장님은요?"

선장: "나는 이곳에 남는다."

일항사: "선장님!!'

배경이 우주에서 바다로, 우주선에서 배로 바뀌었을 뿐, 선장은 내가 머문 곳에도 존재하고 이곳에도 일항사가 있다. 영화를 보면서 어디까지나 영화라는 생각을 하게 된다. 리더로서의 희생이나 동료애와 같은 감정의 교차점을 배 안에서는 쉽게 찾아보기는 어렵다. 그냥 영화는 영화로 받아들여야 하는데 내가 오버하는 것일지도….

리더십(Leader+Ship)에는 '배(Ship)'라는 단어가 들어간다. 배야말로 가장 리더가 필요한 곳이다. 그 Ship에서 진정한 리더가 존재하는지 의문일 때가 있다. 오늘날 배 위에서의 분위기는 각자도생이다. 맡은 바 임무를 다하면 그만인 계약 관계다.

운동장 몇 개를 이어놓은 거대한 배는 소수의 사람들에 의해 움직인다. 배는 넓고 사람은 적다. 배에는 사각지대가 무수히 많고, 그곳은 은밀하다. 대양 한가운데 떠 있는 배는 그 누구의 감시도 받지 않는다.

그런 상황에서 법이 되는 건 선장 또는 기관장이다. 바다 위에서만큼은 그들이 경찰이고 부모님보다 더 많은 시간을 보내는 사람들이다. 하지만 그게 올바른 부모, 정당한 경찰이 아니라면?

배에서 내가 만난 리더 가운데, 자기희생보단 희생을 강요하는 쪽에 섰던 경우가 더 많았던 것 같다. 물론 모두가 그렇다는 건 아니다. 사람 사는 곳에 문제 있듯, 어딜 가나 이기적인 사람은 있기 마련이다.

아랫사람에게 함부로 하는 일기사가 있었다. 일기사라는 책임자인데도 삼기사보다 못한 업무 수행능력, 아랫사람이 문제를 보고해도 회피하고 윗사람에게는 보고받은 적 없다고 둘러대는 위선자. 그런 사람도 시간이 지나면 진급한다. 선원이 부족하다 보니 일정 경력이 지나면 리더가 되지 말아야 할 사람까지 리더가 된다.

한 번도 자신이 그 자리에서 무엇을 해야 할지 고민해본 적도 없고, 준비와 교육 없이 시간만 지나온 그런 사람이 리더가 되다 보니 문제가 안 될 수가 없다. 흡사 나이를 먹는다고 모두 어른이 아닌 것처럼 경험이 어른을 만든다면, 배 안의 제한적 경험은 힘든 환경이다.

선원들 사이 오랜 말 중엔 이런 말이 있다. "성격이 이상하면 배를 오래 타는 걸까, 배를 오래 타서 성격이 이상해지는 걸까?" 풀리지 않는 아이러니다. 배라는 특수한 환경이 인간 심리에 미치는 영향이 적지 않을 것이다. 자발적 구속의 환경일지라도 구속된 몸인 것은 부정할 수 없다.

선원 교대 리스트가 나오면, 선원들은 '갈매기'를 날린다. 갈매기는 옛 선원들이 소식을 전할 때 갈매기를 날렸다고 해서 생겨난 말이다. 갈매기를 날린다는 말은 정보를 물어본다는 뜻이다. 선원 교대 리스트가 나오면 인물에 대한 평판은 가감 없다. 대개 짧다. "좋다", "너 이제 지옥임ㅋㅋ" 같은 식이다.

특히 기관부에게는 기관장이 바뀌는 것은 초미의 관심사다. 권력자가 오는 것이니까. 같은 배라도 윗사람에 따라 업무의 양이 달라진다. 사람이 천국이자 사람이 지옥인 셈이다. 어떤 사람이 좋은지는 딱 맞추어 말하기는 어렵다. 어떤 사람이 자신에게 잘 맞는지는 겪어보아야 알 수 있기 때문이다.

좋건 싫건 배에서는 사람을 통해 배울 수밖에 없다. 누구를 만나는가는 순전히 자기의 운이다. 리더에 따라 당사자의 운명의 향방이 결정될 수도 있다. 이 말은 전혀 과장이 아니다.

잘못된 리더를 만나 일을 배우면 다음에도 문제가 된다. 처음 일을 배울 때의 습관은 앞으로도 계속 반복되기 마련이다. 그래서인지 문득 처음 일을 배울 때 즐겁게 일하는 법을 배웠으면 어땠을까 하는 생각이 들었다. 일한다는 재미를 갖고 일을 배웠다면, 그렇다면 이렇게 일하는 게 덜 힘들지는 않았을까?

내가 변하면 주위 상황도 변할 거라며 노력한 적도 많다. 그러나 금세 틀렸다는 걸 알았다. 내가 변해도 윗사람이 변하지 않기 때문이다. 윗사람이 변하면 모든 상황이 쉽게 변한다. 안타깝게도 리더는 좀처럼 변하지 않는다. 인정하자, 당신의 리더는 변하지 않는다는 것을. 때로는 인정하는 게 더 편하다. 날씨가 덥다고 날씨가 춥다고 바꿀 수 없는 날씨를 불평하기보다 더우면 에어컨을 틀고 추우면 옷을 입자. 그런 바꿀 수 없는 것들을 생각하며 괴로워하기에는 내가 너무 소중하다.

배 안의 헬스장. 내 건강이 최고다

2016년, 회사가 망했다. 한진해운 파산, 상상해보지 못한 일이었다. 배를 타겠다고 결심했을 때부터 한진에 들어가는 게 목표였다. 한국에서 가장 큰 선박 회사, 대한항공의 계열사, 대기업이기 때문에 '한진맨'이 되는 것은 해운업계에서 성공 정도로 여겨졌다.

좌절했던 학창 시절의 기억을 뒤엎을 수 있게 해줬던 그 회사가 사라졌다. 입시의 최종 목표가 대기업 취업이라면 이곳은 학창 시절 그 모든 것에 대한 보상이라고 생각했다. 그런 모든 것이 사라졌다. 대기업이 하루아침에 사라진 것에 대해 누구도 어떤 이유라고 정확히 말할 수는 없었다.

누군가는 대한항공의 땅콩회항으로 시작된 기업의 이미지 실추를, 또는 기업의 방만 경영을 언급했다. 나와는 다른 사람들의 이야기였다. 그 안에서 고생한 우리와 나의 노력은 타인에게는 그저 다른 사람의 뉴스거리에 가려진 이야기일 뿐이었다.

텔레비전에서는 "그런 회사 망해도 돼요"라며 가볍고 우습게 말하곤 했다. 회사는 한 개인의 삶이 담긴 장소였다. 그 개인은 누군가의 아들이기도 누군가의 아버지이기도 했다. 회사에 들어오면서 나는 이곳을 내 삶과 결부시켰다. 몇 살 때 진급을 하고, 서른 즈음 육상으로 넘어가 일을 하고, 사택에 살고, 내 삶의 로드맵이 이 회사였다. 대기업에 정규직 그건 허상이었다. 어쩜 안정이라는 허상에 빠져 살고 있었을지도 모르는 일이었다.

정말 아무 일 아닌 것처럼 회사는 없어졌다. 텅 빈 건물에 텅 빈 사무실만 있을 뿐이었다. 영화처럼 건물이 무너져 내리는 것도, 채무자가 와서 난리 통을 치는 것도, 사장이 도망을 가는 것도 아니었다. 내게는 그저 종이와 위로금, 그 뒤로 내가 갈 곳이 없다는 것으로 끝이었다. 한동안 아무것도 할 수 없었다. 모두가 실업자가 되었다.

회사가 망하자 텔레비전에서는 "왜 망하게 두었냐", "이게 옳은 선택이었냐" 등 뒤늦은 언쟁만 부릴 뿐이었다. 사람들의 말은 너무나 쉽고 가벼웠다. "없어져도 돼요"라고 말해놓고, 없어진 후에야 정부를 탓하다니. 세상 참 쉽다는 생각이 들었다.

"힘내."

직장인일 때 들어본 적이 없는 말을 정작 회사가 없어지고 나서 들어봤다. 그렇게 나는 직장을 잃게 됐다. 시간이 흐른 후 국가에서는 실업자가 된 선원들을 위해 다른 회사에 끼워 넣으려 했다. 특례생은 배를 타지 않으면 당장 군대에 가야 했기 때문이었다.

나는 꾸깃꾸깃 A 상선으로 들어갔다. 이력서도 내지 않았지만, A 상선에서는 면접만 보면 합격을 시켜주겠다며 불렀다. 그때 나를 인정한다고 착각했다. 이 회사가 나를 진짜 필요로 한다고 생각했다. 그건 내가 한 또 하나의 실수가 되었다. 집단은 개인에게 신경을 쓰지 않는다는 것을 어렸던 나는 깨닫지 못했다.

회사는 사람을 뽑아놓고 배를 태우지 않았다. 한진해운의 특례 중인 선원들을 뽑았던 것은 망해버린 회사의 선원을 구제한다는 목적이었지만 하염없이 대기만 할 뿐이었다. 나는 배에 올라오는 소모품과 다를 것 없는 존재였다. 우선 받아놓고 챙겨놓는 소모품 같았다. 이 모든 상황이 웃겼다. 내가 결정할 수 있는 것은 아무것도 없었다. 오로지 목을 빼고 그들이 내려줄 결정을 기다렸다. 모두를 승선시킬 배도 없고, 감당할 능력도 안 되면서, 국가에서 받으라니까 밀어 넣어놓고서는 특례생의 사정은 나 몰라라 하는 것이었다.

그사이 반년이 훌쩍 지났고, 스텔라데이지호가 가라앉았다는 소식이 들려왔다. 그 큰 배가 브라질의 바다 한가운데서 사라졌다. 실제 그러한 일이 일어났다는 것에 대해 경악했다. 그곳에는 한진해운 출신의 선원이 가득했다. 기관장, 일항사, 일기사, 삼항사 왜 그런 컨디션이 좋지 않은 배에 한진해운 출신의 선원들만 가득했을까. '만약 내가 그 배에 타고 있었더라면….'

어쩜 나는 대기업에 들어가는 것, 그 한 번의 결정으로 그 뒤에 모든 결정은 할 필요가 없겠지 하는 안일한 생각으로 살아왔는지도 모른다. 미래가 굴러가는 바퀴처럼 순탄할 줄 알았다.

우리는 어렸을 적 학교에서 누구나 자신이 삶의 주인이라고 배운다. 하지만 나는 흡사 내가 컴퓨터 프로그램 속의 한 일부처럼 느껴졌다. 사용자의 목적에 맞게 만들고 목적에 맞게 행동하게 되는 그런 프로그램. 예로 들면 스타크래프트의 마린이랄까? 내 맘대로 뽑고, 내 맘대로 조정 당하는 게임 속 마린과 같이….

컴퓨터를 하며 우리는 컴퓨터 안의 사람들을 만들어내고 조종하며 사용자로서 행동하지만, 그 컴퓨터 속 만들어진 사람들이 어떤지, 생각을 하는지, 고민하는 일이 없다. 생각해볼 필요가 없으니까. 그런데 컴퓨터가 아닌 현실에서는 우리가 그런 존재일지도 모른다. 그냥 사회를 구성하는 하나뿐인 개체, 없어져도 그저 다시 만들어내면 될 생산품. 어떻게 마린이 만들어지고 어떤 생각을 하는지, 사용자는 알 필요가 없듯 세상도 그렇다고 느껴졌다.

언제나 선원은 마린이다. 불만이 있다면 교체하면 그만인 그런 존재. 그렇다면 도대체 이 게임의 주인공은 누구일까? 안정이라는 허구에 속지 말자. 안정이라는 건 없으니까.

배라는 공간은 나를 너무 작게 만든다

지구는 돈, 다

지구는 돈다. 무슨 뚱딴지같은 소리냐고? 이제는 어린아이도 다 아는 갈릴레이의 '지구는 돈다'가 아니라 어쩜 이제는 어린아이마저도 아는 '지구는 돈(이 전부)다'.

선원이라고 하면 사람들은 '얼마를 버느냐'가 제일 궁금한가보다. 영화나 드라마에서 선원들은 급전이 필요한 인생의 끝에서 있는 사람들로 종종 비치곤 한다. 우리는 그냥 수평선 끝자락에 있을 뿐인데…. 선원들이 배를 타는 이유는 부정할 수 없이 돈인 것은 맞다. 부정할 수 없는 사실이지만, 실은 어떤 일이

든 돈 때문인 것은 마찬가지 아닌가 싶다. 배를 타는 것도 돈을 버는 직업 중 하나이다.

　일반적으로 사람들에게 선원을 양성하는 학교가 익숙하지 않으므로 해양대학교에서는 매년 재학생을 대상으로 모교로 학교 홍보를 보낸다. 하얀색 제복을 입고 백색 구두와 멋들어진 모자를 쓰고 고등학교를 방문하면 "오~" 하는 환호성이 뒤따른다. 그런 관심이 싫지는 않다. 제복을 입은 학생들은 목을 더 꼿꼿이 하고 걷는데, 학생들은 그 모습을 동경한다. 그 하얀 제복에 서로가 환상에 젖는다.

　해양대학교 학생들은 해군은 아니지만 해군 장교의 제복을 입는다. 그렇다고 장교도 군인도 아니다. 하지만 선원은 물류와 운송 담당하고 전시에 물류를 수송하는 매우 중요한 역할을 하기에 군인과 같은 제복을 입는다.

　실습도 다녀오지 않은 학생들이 학교 홍보를 간다. 선원이 아닌 학생들이 선원이라는 직업을 설명한다. 군대에 안 가고, 3년 동안 1억 원을 벌고, 배 타고 전 세계를 돌아다니게 된다고. 어쩜 자신이 상상하는 배의 모습을… 그렇게 착각하고, 그 착각과 환상을 전파한다. 그런 환상 때문인지 승선 후 좀처럼 적응하지 못하는 많은 초년생들이 생긴다.

상상과 현실이 많이 달랐을 테니 굳이 그들의 얘기를 듣지 않아도 짐작이 간다. 학생 때 입던 멋들어진 제복은 입을 일이 없고, 배에서는 위아래 붙은 작업복(스즈키)을 입고 살아간다. 깔끔했던 흰옷 대신 늘 검은 기름때 묻은 옷이 일상복이 된다. 결국, 배의 문제는 여기서 시작한다. '착각'.

배 안에서 대체 어떤 일을 하는지도 모르고, 100% 취업이 된다는 말과 군대에 안 가는 대신 번다는 1억 원. 고립감, 시끄러운 기계 소리, 더운 날씨, 흔들리는 파도에 갈등을 겪는 우리, 자신이 상상했던 모습과 다른 현실의 모습에 환상이 무너지는 사람들이 있다.

군대에 가는 대신 배를 타서 1억 원을 번다는 말도 착각이다.

군 복무 기간은 1년 6개월이지만 배는 3년이다. 그것도 휴가를 제외한 오롯이 배에 있는 기간 3년. 실제 휴가 기간을 포함하면 승선으로 군대를 대체하기 위해 걸리는 시간은 4년이 넘는다. 그 현실은 모른 채, 그저 군대에 가지 않는다는 착각 속에 남들은 1년 반이면 끝마칠 군인 신분을 선원들은 4년이나 넘게 지속해야 한다. 간단하게 생각해보면 월급 300만 원을 3년 동안 받으면 1억 원이 된다. 과연 그 3년에 1억 원이라는 돈이 20대 남들이 누리는 것, 남들이 느끼는 것을 대신하는 비용으로 적정한 것인지 생각해볼 필요가 있다.

선원이 돈을 많이 번다는 건, 물론 소득이 적은 것은 아니지만 안 쓰니까 돈이 모이는 것이다. 배에 있으면 돈을 쓸 방법이 없다. 밥을 사 먹는 것도, 옷을 사 입는 것도, 버스를 타거나, 택시를 타는 것도 아니다. 월세가 나가는 것도 아니다. 친구와 밥을 먹거나 애인과 데이트를 하는 것도 아니다. 그냥 통장에 계속 월급이 찍힐 뿐이다. 말 그대로 강제절약이다. 이런 이유에서 배를 타면 돈이 모인다.

또 돈이 많은 것처럼 보이는 건, 6개월 이상 참았던 소비 욕구가 휴가 기간 2달 동안 미친 듯이 터지기 때문이다. 다시 배를 타야 한다는 조바심에 하루하루 흘러가는 시간에 마구잡이로 돈을 뿌린다. 돈보다 지금의 휴식 시간이 소중하기 때문이다. 그렇게 돈을 쓰고 또 돈이 떨어질 즈음이면, 다시 배를 탄다. 소중한 시간이지만 그 시간을 배에 팔고, 그렇게 번 돈으로 다시 시간을 산다.

적지 않은 월급이지만 배 타는 사람 중에는 부자가 없다. 돈이란 건 우습게도 있으면 없어진다. 내가 쓰는 것이 아니어도 다른 누군가가 씀으로써 말이다. 나이가 지긋하신 선원들은 이상하게 또래보다 나이가 더 들어 보인다. 바다의 소금기 때문일까? 배에 있는 사람이 밖에 있는 사람의 나이를 대신 먹는 것 같다.

최근 친구가 소개팅을 했다. 여자분은 친구의 직업이 선원임을 알고 이렇게 이야기했다고 한다. 배 타는 사람과 결혼하면 1년 중 2달 동안만 밥해주면 되고, 그마저 2달 같이 여행 가거나 배에서 맛있는 거 못 먹었을 테니 외식하면 되지 않느냐고, 배를 타는 6~10개월 동안 잔소리 없고 월급은 딱딱 들어오는 거 아니냐고. 그런 이야기를 들을 때마다 같은 선원으로 마음이 불편하다. 내 이야기가 될 수도 있기 때문이다.

　젊은 선원들이 가장 고민하는 것이 바로 이런 이성의 문제다. 그것이 배를 고민하게 하는 큰 문제이기도 하다. 선원들은 기다리는 여자를 위해 해외여행을 가고 비싼 물건을 사 주곤 하며 그런 것은 보상이라고 한다. 그러나 기다리는 건 선원도 마찬가지인데 말이다.

　배를 타고 오면 집 한 채를 산다는 시절이 있었다. 88올림픽 전 배를 타던 선원들은 배를 한 번 타고 오면 집을 살 만큼의 돈을 벌었다고 한다. 그때 부자가 되는 법은 간단했다. 집이 서울에 있으면 부자가 됐다. 사는 곳이 서울이라 서울에 집을 사면 부자가 되었다. 집이 지방이라 지방에 집을 사면 그대로여서 부자가 되지 못했다. 이런 건 운이라고 해야 할까 아님 선견지명이라 해야 할까….

대게 배 타는 사람은 빚지는 것을 싫어한다. 한 배만 다녀오면 목돈이 생기는데 굳이 빚을 질 필요가 없다는 것이다. 그래서 집이 2억 원이고 자기가 가진 돈이 1억 5천만 원이면 빚 5천만 원을 지기 싫어서 한 배를 더 다녀온다. 그러면 1년 지나 집은 3억 원이 되어 있다. 그럼 "오메?" 하고 더 안 오르겠지 생각하며 한 배를 더 타고 온다. 그럼 집값이 또 뛰어서 5억 원이 돼 있다. 그래서 배에는 부자가 거의 없다.

미얀마나 인도네시아, 필리핀 선원들은 봉급이 의사보다도 많아 선원이 최고의 직업이다. 한 배 다녀오면 저택을 살 수 있을 정도로 큰돈을 벌 수 있어서다. 그래서 많은 이들이 선원이 되고 싶어 한다. 그럴 때면 같은 선원임에도 부러운 건 사실이다. 같은 공간에서 같은 일을 하는데 어떤 나라에서는 동경하는 직업이고 어떤 나라에서는 그렇지 못하기 때문이다.

탐험가가 거지보다 못한 생활을 하면서도 불행하지 않은 건 그 일을 함으로써 존중받고 있다는 마음 때문일 것이다.

배를 타는 일이 힘들고 외로움에도 배를 타는 건 돈 때문이다. 지구상 어디서나 돈이 문제다. 지구는 돈이 다다.

배의 식당

배의 주방

배에서 먹는 특별식

배는 멈추지 않는다

과거의 나는 타인보다 앞서간다고 생각했다. 또래들보다 빠른 취업, 남들보다 높은 연봉, 친구들이 군대를 다녀왔을 때 취업을 했고, 친구들이 취업을 준비할 때 나름 목돈을 모아놓았다.

그래서 시차를 느끼곤 했다. 사회생활을 일찍 시작했기에 친구들이 밟는 과정이 내겐 이미 지난 일처럼 느껴졌다. 보통 또래들이 졸업과 동시에 취업을 고민하지만 나는 저만치 과거에 이미 끝내놓고 있었다. 그러다 언제부터인가 시차가 좁혀지더니 점점 더 늦어지는 느낌이 들었다. 반대로 친구들이 겪은 일은 내가 미래에 겪어야 할 일이 되었다. 집을 마련해 결혼을 준비하고, 회사에서 치열한 경쟁을 하고. 내가 경험하는 시간과 공간은 배가 전부지만 사회는 배 이외의 모든 세상이 공간이었다.

배를 타고 오면 그저 한 배를 탄 것뿐인데 한 해가 지나 한 살을 더 먹곤 했다. 23살 처음과 다를 게 없는데도, 승선 횟수처럼 나이만 먹을 뿐이었다. 밖은 치열하게 돌아가고, 새로운 것을 배우고, 고민하며 나아가지만 안락한 이곳에서 머물러 있는 나는, 배처럼 부유하고 있는 건 아닐까 하는 생각이 들었다.

대학교 4학년, 회사로 실습을 나갈 때의 일이었다. 평소 가고 싶었던 회사였고 그곳에서 잘만 하면 바로 취업이 되는 기회를 잡을 수 있었다. 그때 그 배의 기관장이 내게 배 타고 싶으냐고 물어왔다. 그 기관장은 회사 내에서 가장 오랜 경력자였다. 괜히 떠보는 게 아닐까 하는 생각에 씩씩하게 "네!"라고 대답했다. 그런데 의외의 대답이 돌아왔다. "배 탈 생각을 마." 막 배를 탔는데 이게 무슨 소린가?

기관장은 지금은 또래보다 큰돈을 만지고 친구들보다 앞서나가는 것 같지만, 나중에 뒤를 돌아보면 가장 뒤에 있는 자신을 보게 될 것이라 했다. 배 안에서 멈춰 있는 동안, 밖의 사람들은 치열하게 앞으로 나아가고 있다며 바다 위를 나아가는 배와 달리 나는 멈춰 있을 거라고 했다. 그때는 이해할 수 없는 말이었지만, 지금은 너무 아픈 말로 남았다.

내가 만나 본 선원 중에는 30~40년 동안 배를 탔음에도 자기가 보낸 시간을 후회한 사람들이 많았다. 회사에는 사보가 있다. 그 안에 올해 정년퇴직을 하는 선원분들의 소회를 담는 페이지가 있었는데 서두는 대부분 이랬다.

"올해 정년 한 김○○입니다. 배를 탄 지 30년이 넘었네요. 만약 배를 타지 않았으면 어땠을까 하는 생각을…(후략)."

평생 선원으로 산 사람이 자기 삶에 회의를 느낀다면 과연 그 일을 좋아서 한 게 맞을까. 어떤 일이든 후회는 있기 마련이지만, 정년을 앞둔 그 순간마저 '만약 배를 타지 않았다면?'이라면 고민해봐야 할 문제가 아닐까?

오래 배를 타면 편안함에 젖는다. 배에서는 경쟁이 없다. 자신의 직급에 존재하는 사람은 배에 오직 자신뿐이다. 배에는 선장이 2명이 있는 것도, 기관장이 2명이 있는 것도 아니다. 그저 한 사람, 모든 직급에 딱 한 명이다. 일반 회사였다면 여러 부서 안에서 사람들이 어울리며 자연히 경쟁해야 할 테지만, 배는 경쟁이 필요 없다. 문제없이 잘 가면 그뿐이다.

배에는 간섭하는 사람도 없다. 일을 잘하는지 못하는지 감독할 수가 없다. 망망대해 위를 떠다니는 배를 감독하는 일은 불가능하다. 잔소리할 아내도, 충고해줄 친구도 없다. 오직 스스로 판단할 뿐이다. 그래서 직급이 위로 올라갈수록 독선적이 된다.

배에서는 일상에서 소모되는 자잘한 일이 없다. 출근도 없고 밥을 해 먹지 않아도 된다. 항상 밥을 해주는 조리장이 있다. 음식에 대한 타박도 자유롭다. 가족인 엄마나 아내한테 불평하는 것보다는 타인인 조리장에게 불평하는 것이 편할 것이다.

사람들이 배에 불만이 있으면서도 일을 지속하는 건, 할 수 있는 일이 그것뿐이기 때문이다. 선원들에게는 배는 너무나 익숙해서 편하다. 누군가는 배를 타는 것을 〈쇼생크 탈출〉에 비교했다. 영화 쇼생크 탈출에서 나오는 장기수들은 사회에 나와도 오줌조차 스스로 누지 못하는 사람이 된다. 오랜 시간 고립된 공간에서 오줌마저 타인에 의해 제어되어 온 삶, 배가 그렇다. 때 되면 차려주는 밥, 시키면 시키는 대로 하는 아랫사람, 회사에서 정해주는 근로시간, 회사에서 정해주는 휴가. 그런 생활에 놓여 있다 보니 어느새 사회가 낯설게 느껴지는 것이다.

그래서일까? 출소한 장기수들이 일부러 죄를 지어 다시 들어오는 것처럼 배를 그만뒀다가 다시 돌아오는 사람들도 적지 않다. 내가 선원이 된 건 아는 일이 이것뿐이었기 때문이라는 말로 시작했다. 아는 선택지가 많지 않아서 이 길로 들어섰다.

내가 아는 일이 하는 일이 되고, 하는 일이 할 수밖에 없는 일이 돼버린다면, 아는 일을 만들면 되지 않을까? 그리고 그 일을 한다면 또 할 수 있는 일이 되지 않을까? 지금의 상황이 마음에 안 든다면 무모해 보이지만 쇼생크 탈출처럼 수저로 굴을 파는 용기가 필요하다. 그렇지 않으면 그 공간에서 행복하게 지내든가. 그건 자유니까. 그것이 우리가 죄수와 다른 점이다.

PART 4

배에서 바라본 바다,
그리고 사람들

엔진을 끕시다

"웅쿵쾅 픽! 웅쿵쾅 픽! 웅쿵쾅 픽!"

1번 발전기에서 평소에 들리지 않던 소리가 들린다.

"픽!"

소리가 계속 거슬린다. 위대한 엔지니어는 소리만 들어도 안다. 평소 규칙적이던 소리와 다르게 나는 "픽!" 소리에 기계를 점검한다.

"이기사! 평소랑 비교해서 발전기 압력이랑 온도 변화 있어? 순찰일지 좀 봐봐."

우리는 그렇게 매번 평소에는 어떠했는지를 확인한다.

기관실에는 하루 3번 순찰일지를 적는다. 점심에는 NOON REPORT, 일과를 마치기 전에 순찰, 저녁 먹고 저녁 순찰을 돈다. 매번 기계의 컨디션을 확인하고 기록한다.

압력은 얼마인지 온도는 어떤지, 소리는 어떠한지. 그 보통을 아는 일이 매우 중요하다. 그래야 어떤 일이 일어났을 때 그것이 문제인지 아닌지를 파악할 수 있다. 그렇게 판단한 기기에 이상이 발견되면 가장 먼저 해야 할 조치는 기계를 끄는 것이다.

　　"2번 발전기 돌리고 1번 꺼. 그리고 1번 발전기 꺼지면
　　점검해보자."

　기계가 멈춘 뒤에 어디에 문제가 있는지를 확인한다. 운전하
는 도중에는 고온과 고압, 빠르게 돌아가는 회전체 때문에 안전
하고 정확하게 판단하기 어렵기 때문이다. 배에 있는 기계는 이
렇게 열을 식히고 압력을 낮추고 문제를 확인한다.

　　"야, 푸시로드 쪽에 볼트가 조금 풀렸네. 큰일 날 뻔했
　　다. 토크렌치 가져와서 맞는 토크로 조여."

　기관실의 기계들에는 저마다 맞는 토크(torque)가 있고 토크렌
치는 규정된 압력으로 볼트를 조이는 데 사용하는 공구다. 정해
진 토크에 맞는 힘으로 조여야지 토크보다 작은 힘을 사용하면
나중에 풀리거나 너무 큰 힘을 가하면 부러지게 된다. 그렇게
기계는 자신에게 맞는 토크를 가진다.

이렇게 기기를 확인할 때면, 기계가 아닌 우리는 기계처럼 이렇게 잘 관리하고 있나 하는 생각을 해본다. 내가 겪고 있는 문제와 어려움, 고통, 그리고 내게 맞는 압력은 어떠한지 말이다.

간혹 화를 내는 상황에서 이러한 생각을 더 해본다. 배에 있는 기계는 문제가 생기면 열을 식히고 압력을 낮추고 문제를 확인하면서 사람은 화가 나 있는 상태로 무언가를 해결하려고만 하는 건 아닌가 싶다.

그렇게 매일 기계를 보면서도 우리는 배우지 못하고 있는 걸까?

엔진을 끕시다. 그리고 살펴봅시다.

자식은 항상 부모보다 늦다

외국인들과 지내는 것에 대해서 궁금해하는 사람이 많다. 대화는 어떻게 하는지, 같이 생활하면 불편하진 않은지. 그러나 우려하는 것처럼 다름이 크게 느껴지지 않는다. 선원이라는 직업으로 한데 묶는 동질감이 더 크고, 외국 사람이라는 이질감보다 오히려 우리는, 선원이라는 이유로 육지 사람들과는 이미 다른 사람이다.

외국 선원들과 나누는 대화는 국적과 나이를 불문하고 비슷하다. '돈'과 '여자' 이야기만으로도 대화가 가능하다. 공통 관심

사인 만큼 이슬람, 가톨릭, 불교 등의 종교도 큰 상관이 없다. 술을 마시지 않거나 일부다처제의 국가에서 왔다고 해도 남자라는 종으로 대통합이 된다.

그리고 이야기의 공통분모로 빠지지 않는 것이 '가족'이다. 여기 있는 모든 남자들은 누군가의 아들 또는 아버지이다. 가족이란 언어로 표현할 수 없는 무언가가 있다.

늦은 저녁 싱가포르에 입항하였을 때 현지에서 외국 선원의 교대가 예정되어 있었다. 해가 바다에 잠기고 어둠이 번져가는 밤이었다. 정박작업을 하느라 갑판에 나와 있는데, 저 멀리서 낯익은 실루엣이 보였다. 익숙한 분위기가 풍겼다

"아빠?"

이게 무슨…. 저 멀리서 아버지가 보이는 게 아닌가? 환영인가? 눈을 비비며 그 실루엣에 다가갔다. "Sir~ I'm new crew~" 아빠와 너무나 닮은 인도네시아 선원이었다. 도플갱어가 있다

면 이분이 아버지의 도플갱어가 아닐까 하는 생각이 들 정도였다. "Oh nice to meet you…. nice to meet you." 반갑게 인사했다. 너무나 반가웠다. 웃는 모습은 더 닮아 보였다.

선원의 이름은 '무슬리민'이었다. '李(이)씨가 아니고?' 혹시나 하여 조상 중에 한국 사람이 있는지를 물었다. 무슬리민은 웃으며 그렇지 않다고 했다. 그런데 어떻게 이렇게 닮을 수 있단 말인가…. 우리 조상 중에 인도네시아에서 오신 분이 있었을지 모른다는 생각마저 들었다. 혹시나 해서 가족사진을 보여달라고 했다. 무슬리민이 우리 아버지와 닮았다면 무슬리민의 자녀들도 나와 내 동생이랑 닮았을 수도 있다. 무슬리민이 보여준 사진에는 다행히(?) 나와는 많이 다른 귀여운 아이들 사진이 있었다. 어떻게 우리 아버지를 이렇게 닮았는지 신기한 노릇이었다.

무슬리민에게는 힘든 일을 시킬 수 없었다. 기관부 일의 특성상 덥고 힘든 곳에서 같이 소리치고 일하는 경우가 있는데, 무슬리민을 볼 때마다 아버지가 떠올랐다. 서툰 일솜씨에도 뭐라 할 수가 없었다. 어쩌면 평소에 미련하다고 나를 쏘아붙이는 아버지를 대신하여 큰소리를 내 볼 기회였을지도 모르는데 말이다. 이 신기한 일을 아버지에게 전했다. 아버지는 호탕하게 웃으며 혹시 너처럼 멍청한 아들 있는지 물어보라는 농담과 함께 잘 해주라고 했다. 그리고 조금은 집을 덜 그리워할 수 있어서 다행이란 말을 덧붙이셨다.

배를 타고 항해를 하다 보면 그런 생각이 든다. 지구는 둥그니까 계속 앞으로 나가면 언젠가는 제자리로 돌아오듯이, 결국 인생도 어떤 한 점으로 돌고 돌아오게 되는 것이 아닌가 하고. 우리가 운명이라고 부르는 그것처럼 말이다.

아버지는 항상 나를 걱정하셨다. 그건 내가 철부지 열아홉이나 서른을 앞둔 스물아홉이나 마찬가지였다. 나이가 들어갈수록 내 걱정은 늘었다. 아버지 나이가 들어서인지, 나이가 들수록 못 미더운 아들 때문인지는 알 수 없다.

아버지는 술을 드시면 동생은 걱정이 안 되는데, 나는 얼굴만 봐도 걱정된다는 말씀을 종종 하셨다. 아마 아버지와 내가 같은 세월을 살아간다고 믿기 때문일까? 같은 일을 하고, 같은 곳을 보고, 같은 시간을 살아와서 더 신경이 쓰이는 걸까? 아버지가 나를 걱정하는 건, 그만큼 아버지의 서른 살이 힘들었기 때문은 아니었을까. 같은 인생을 살아가는 아들이 자기처럼 힘들지 않기를 바라기 때문일지 모른다.

다니던 회사를 그만두었을 때, 아버지에게 한 통의 메일이 왔다.

아빠도 지금까지 살아보니 지나고 보면 별거 아닌 거에 속상했더라. 1987년 2월 졸업해서 D 상운에 입사하고 4개월 만에 배를 탔는데도 그 4개월이 왜 그리 길던지.

일 년 후 88올림픽 때문에 달러 환율은 계속 내려가는데 육상에서는 매일 데모해서 월급이 올라가고 보너스도 올라가더라. 불안해서 국적선으로 갈아탄다고 하니 이기사로 진급시켜 준다고 계속 있어 달라고 했단다. 그래서 이기사로 송출선을 일 년 더 타고 오니, 국적선은 월급이 계속 올라 같은 직급의 월급이 역전이 되었어. 그 시절은 원래 송출선이 월급이 더 많았었거든.

*송출선: 외국 선주의 배로 급여가 달러로 지급된다.

*국적선: 한국 선주의 배이다.

다들 국적선으로 갈아타는 분위기라 나 또한 자존심 다 죽이고 동기들은 이미 이기사로 진급해 있는 A 상선에 삼기사로 입사를 하여 1989년 10월 31일에 광양에서 H12호라는 똥배를 탔단다. 삼기사는 공용 화장실에 공용 샤워장을 사용하고, 엔진 컨트롤룸도 없는 배였으니 내 자존심이 얼마나 상했겠니. 더구나 이기사는 중학교 친구의 친구였지.

*똥배: 컨디션이 나쁜 배의 비속어

그런데 그 친구가 군 복무 끝났다고 배를 그만 타겠다는 바람에 4개월 만에 진급할 수 있었어. 하지만 자타공인 회사에서도 다 아는 욕쟁이 기관장을 만나버렸단다. 도저히 안 되겠다 싶어서 4개월 만에 사표 쓰고 일본에서 하선해버렸지. 회사에 가니 인사 담당 선배가 "너 동기 중 그 기관장 밑에 견뎌낸 놈이 없어서 너는 성격이 좋아 견딜까 싶어 보냈는데 너도 못 견디겠더냐"라고 위로하더구나.

그때 배는 이제 그만 타는구나 생각했다. 그런데 인사담당 선배가 사표를 수리 않고 뭉개고 있다가 한 달 후에 일기사로 진급했으니 배 타고 나가라고 하더라고. 뭔 일인가 했지.

원래는 그해에 1년 선배들이 일기사로 진급해야 하는데 상위 면허 가진 사람이 절반 정도밖에 안 된 거야. 찾다, 찾다 상위 면허 가진 우리 동기들도 다 진급을 시킨 거지. 그 당시 면허 시험이 갑자기 어려워져서 쉽지 않기도 했고. 배 타느라 휴가와 맞지 않아 시험 자체를 못 본 사람도 있었고.

다행히 아빠는 A 상선에 들어오기 전 휴가 때 면허를 따냈었다. A 상선에 와서 자존심 많이 상했는데 한순간 보상받는 느낌이더라. 우리 동기 중 몇 명만 그렇게 빨리 진급을 했으니 말이다. 오랜만에 아빠 선원수첩을 보니 옛날 생각이 나는구나.

그렇게 너도 아빠가 겪었던 일을 같은 회사에서 겪고 있다니 운명인가 보다. 조금만 참고 기다리다 보면 그때 아빠가 그랬던 것처럼 좋은 일이 생기지 않겠니?

나는 이 편지를 간혹 다시 꺼내 읽곤 한다. 아버지처럼 배를 타고, 회사를 옮기고, 나 역시 회사 동기 중에 상위 면허가 있는 사람이 적어 동기 중에 일찍 일기사로 진급을 하게 되었다. 정말 운명일까?

어릴 적 기억 속의 아버지는 늘 과묵했다. 다정하지도 그렇다고 심각하게 무뚝뚝한 것도 아닌 생일이 지나고 나서야 "생일이었냐?" 하시고 중학교 3학년인 내게 "아, 이제 중학교 2학년인가?" 하는, 한발 늦게 묻는 그런 아버지였다. 고등학교 시절 아버지와의 친밀도를 조사하는 설문에서 '보통'이라고 적은 걸 보고 아버지가 서운해했다는 이야기를 듣고 의아했다. 그때는 나도 아버지를 몰랐다.

언젠가 아버지에게 첫 운동화를 사 드린 날, "웬 거냐?"라며 대수롭지 않게 받은 아버지에게 서운함이 들었다. 어린 마음에 '처음으로 돈을 모아서 사 드린 건데 좀 더 좋아해 주시면 안 되나?' 하는 생각도 했다. 이튿날 친구들과 모임이 있다고 다녀오신 아버지가 소파에 앉아서 뒤꿈치에 밴드를 붙이고 있었다.

"어디 다치셨어요?"라고 물었더니 "아니야" 하고 대답하고 마는 아버지에게 또 칠칠치 못하게 어디 부딪히셨나 보네 했다. 그때 엄마가 와서 말했다. "아빠가 네가 사 준 신발 신고 저래, 맞지도 않는 신발을 억지로 신으니까 뒤꿈치가 까지지." 맞지도 않는 그 신발을 아들이 처음 사 준 거라 내색하지 않으시고 꾹꾹 눌러 신으며 아픈 발을 참아가며 다니신 아버지. 통증을 참아가며 웃으며 찍으신 사진 속 아버지를 보니 왠지 마음이 찡했다.

어느 날 어머니에게 30대 시절 아버지 이야기를 들었다. 다니던 직장이 문을 닫아, 방에서 혼자 눈물을 보이셨다는 이야기였다. 항상 당당했던 아버지에게서 약한 아버지의 모습이 나이가 들면서 조금씩 보이기 시작했다.

나는 아직도 내 나이가 23살같이 느껴진다. 배를 타면 나이에 무감각해진다. 같은 공간에서 같은 경험만을 하며 지내 와서일까? 배를 타는 사람들은 자신이 처음 배를 타던 그 나이에 멈추어 있다는 생각을 하곤 한다. 한 배를 다녀오면 어느새 일 년이 지나가 있는 걸 받아들이기가 어렵다.

아버지에게 스스로 몇 살로 생각하시냐고 물었다. 아버지는 아직도 자신이 29살 같다고 하셨다. 또 마음은 늘 그대로인데 사람들이 이제는 29살로 봐주지 않는다고 말씀하셨다. 나는 왜 스물아홉이냐고 물었다. 아버지가 말했다. "그건 29살에 네가 태어나서지."

나는 아버지에게 먼저 이 길을 걸어온 사람으로서 왜 조언 한 마디 하지 않느냐고 불평도 했었다. 그랬다면 승선근무 생활이 덜 힘들었을 텐데 하고 말이다. 그러나 시간이 지나고야 알게 됐다. 그건 말로 해서는 알 수 있는 게 아니었다.

나는 아버지가 좀 더 자상했으면 하는 바람이 늘 있었다. 난 늘 아버지의 정을 그리워했다. 그러나 이 또한 나이가 들어가며 알게 됐다. 아버지도 아버지가 처음이었기 때문에 서툴렀다는 것을.

내게 배를 타는 것은 어떤 의미에서 아버지와 화해하는 과정이었다. 배를 타보니 젊은 시절 시끄러운 기관실에서 일했던 아

버지가 보였다. 선원으로서 외로움을 참아가며 아등바등 버텨
보려는 20대의 고민하는 아버지가 보였다. 배를 타는 순간은,
나는 언제나 아버지와 함께였다.

'이런 삶을 살아오셨구나.' 나는 그렇게 아버지를 이해하게
되었다. 어쩌면 아버지는 자신을 통해 나를 보고 계셨을지도 모
른다. 자신이 아는 일이기에, 아버지는 다 커버린 아들을 아직까
지 걱정하고 있는지도 모른다.

아버지와 나는 같은 시간을 살고 있다. 나는 나를 보며 아버
지를 본다. 아버지가 아닌 그때 그 시절 청년이었던 우리 아버
지를. 부모님을 이해하지 못하겠다면 잠시라도 그분의 삶으로
들어가 보자. 그럼 아버지, 어머니로서가 아닌 그 날을 살던 젊
은 남자와 여자를 만나게 될 것이다.

사랑합니다. 친한 친구이자 경쟁자이자, 세상 나쁜 남자인 우
리 아버지.

머무는 곳의 날씨

wing bridge에서 일출을 보며 찰칵

친구에게 오랜만에 메일이 왔다. "한국은 폭염이 심해. 그쪽 날씨는 어떠니?" 나는 두꺼운 패딩을 입고 있다고 답장을 했다. 메일을 적고 의자 뒤로 팔을 넘기며 기지개를 켜다 보니 손끝에

닿는 공기가 차다. '간밤에 비가 왔었나?' 창가의 결로가 유리 면을 타고 주룩주룩 아래로 흐르고 있다. 배를 타는 나에게 날 씨나 계절이 있기나 한 것인지.

승선할 때 필요 없는 물건 중 하나가 우산이다. 바다에 비가 내리지 않을 리 없지만, 그 비를 내가 맞는 경우는 많지 않다. 비가 내리면 선실 창문으로 풍경을 바라본다. 육지에 발을 붙이고 있다 보면 장마라는 게 있지만, 배에서는 비구름은 그저 스쳐 지나가는 것에 불과하다. 육지에 있으면 비구름이 우리에게 오지만, 바다에 있으면 우리가 비구름을 피해 간다.

한국은 한여름이라 말하지만, 태평양 부근을 지날 때면 겨울 옷을 꺼내 입는다. 한겨울에 한국에서는 롱패딩을 입는다고 하지만, 그 시각 선원들은 중동에서 50도가 넘는 더위로 덥다고 하소연을 한다. 그렇게 한국에 돌아오면 계절 감각이라는 게 완벽히 상실된 사람이 된다.

처음 배를 타는 사람들은 이런 실수를 자주 하게 된다. 여름에 승선한다고 여름옷만을, 겨울에 승선한다고 겨울옷만을 챙긴다. 그래서 바보같이 겨울에 여름옷을 입고, 여름엔 겨울옷을 입고 거리를 활보하는 우스꽝스러운 상황도 생긴다. 오죽하면 부산에는 '계절에 맞지 않은 옷을 입고 머리가 덥수룩한 사람은 뱃사람이다'라는 말이 있을까?

이렇게 계절과 날씨를 모르고 살다 보면, 놓치는 건 계절뿐만은 아니라는 생각이 든다. 일생을 살아가며 겪는 시기 또한 놓치고 사는지도 모른다. 취업에 대한 고민, 군대에 대한 고민, 이렇게 대부분의 사람들이 살면서 느끼는 보편적인 감정들은 배를 타면 앞으로 쭉 뛰어넘을지 모르는 일이다. 아이가 태어나는 날 곁에서 가슴 졸이는 아버지의 마음, 졸업식 날 아이들을 바라보는 마음과 같은 마음 등도 말이다.

날씨에 따라 그 나라 사람들의 성격이 달라진다는 말을 하곤 한다. 동남아 사람들은 더운 날씨 때문에 행동이 느려지고, 계절이 많은 나라 사람은 다양한 감수성을 가지게 된다고. 그럼 나는 어떤 성격을 가지게 되는 걸까? 매번 바뀌는 계절과 날씨만

큼이나 종잡을 수 없는 사람이 되고 마는 것일까. 어느 계절에
도 속해 있지 못하기에 계절의 변두리에만 머무르는 사람일지
도 모르겠다.

내가 머무는 곳에 대해 생각해본다. 주소가 정해져 있지 않은
배라는 공간, 승선근무를 하며 사랑받지 못한다고 느끼는 이유
는 사람이 사랑받을 수 있는 공간은 정해져 있기 때문이다. 가
정과 부모님, 친구들. 그렇게 사랑받는 공간이 정해져 있는데 선
원인 우리는 그 공간에 정착하지 않고 항해하는 배에서 그곳과
점점 더 멀어지고 있다.

결국, 배는 사랑받기 어려운 공간이다. 사랑하는 이를 두고
오는 곳이기 때문이다. '우리도 사랑받는 공간이 있을 텐데.' 사
랑받고 있지 못한 이유가 공간 때문은 아닌지 한번 생각해본다.

오늘도 창가에는 비가 내리고 우리는 그 먹구름 사이를 스쳐
가고 있다.

세상에서 가장 외로운 아버지들

"선원분들은 결혼생활을 어떻게 하세요?" 배를 탄다고 하면 수시로 받는 질문이다. 경험해보지 못해서 사실 달리 할 말이 없다. "그러게요"라고 할 수밖에.

한 번 배를 타면 짧게는 6개월, 길게는 10개월은 떠나 있다. 선원이 배를 타는 동안 집에는 아빠와 남편의 자리가 없다. 그래서 선원에게 아버지라는 일이 쉬운 일은 아니라는 것쯤은 어렴풋이 알 수 있다.

반년 이상 배를 타고, 2달 남짓한 휴가를 받아 쉬다 보면, 1년에 집에 있는 날은 2달, 길어야 4달 남짓이다. 일 년에 선원들이 가족과 있는 시간은 터무니없이 적다.

　　하루가 다르게 일상이 바쁘게 돌아가는 육지의 사람들은 "4달쯤이야", "6개월쯤이야"라고 말하곤 한다. 하지만 이는 선원이 느끼는 시간 개념과는 조금 다른 것 같다. 선원들은 매번 비슷한 하루를 보내기 때문에 특별할 것 없이 시간도 느리게 흘러간다고 느낀다. 또 반년이 지나는 동안 선원이 만나는 사람은 서른 명이 채 안 되지만, 육지에서 일하는 이들이 지나치는 모든 이를 헤아릴 수 없는 것처럼 바다와 육지의 체감상 시간 차이는 매우 크다.

　　배를 타는 선원으로서 평범한 일상을 함께할 수 없다는 것은 가족의 기쁜 일도 슬픈 일도 함께할 수 없다는 것이다. 밤에 잠을 자고, 아침에 일어나고, 가족끼리 밥을 먹는 평범한 일상은 '내가 빠져 있는 것이 오히려 가족에게는 평범한 일상'이 되어버린다는 것이다. 또 내가 있는 것이 평범한 일이 아닌 특별한 일이 된다는 것이다.

누군가는 "배는 아이들 학교 성적, 집안일 생각, 돈 걱정, 아내의 타박도 없는 마음 편한 곳이 아니야?"라고 말하지만, 선원이란 직업의 아버지는 슬픈 아버지들인 것만은 확실한 듯하다.

*안녕, 아빠?

삼기사 때의 일이다. 지구 반대편 아르헨티나에서 출발해 태평양을 지나온 지 두 달이 지났다. 파란 바다만 보이다 갈매기를 본 건 날짜를 떠올릴 수 없을 만큼 오랜만이었다. '끼룩끼룩' 갈매기의 울음소리는 육지에 가까워졌다는 뜻이었다.

이윽고 부산에 정박했다. 육지에서 멀어질수록 그리움은 깊어진다. 일기사는 부산항에서 잠시 가족방문을 신청했다. 한국에 정박하더라도 짧은 정박 시간과 일 때문에 함부로 하선할 수 없다. 정박 시간이 빠듯해 선원들은 가족들을 배로 초청하는데 그걸 '방선'이라고 한다. 방선은 신청이 허가되어야 한다. 수속 절차를 모두 밟고 배에 오를 수 있다.

　일기사는 신혼이었다. 그에게는 14개월 된 아들이 있었는데 바다에 있는 내내 아들 사진으로 그리움을 달랬다. 항구에 안전하게 접안한 후 그의 가족들이 배 위로 올라왔다. 아들을 안고 조심스레 계단을 걸어오는 아내분의 모습이 보였다. 일기사의 표정은 무척이나 설레 보였다.

　가족들이 올라오는 그 시간도 태평양을 횡단하는 것처럼 긴 시간이라 느껴서일까? 일기사는 부리나케 달려와 반가운 듯 가족을 맞았다. 아내와 오랜만에 인사를 나누고 엄마 품에 안겨 있는 아이를 반갑게 안았다. 하지만 반가운 것은 아버지뿐이었나보다. 엄마 품에서 방긋 웃고 있던 아이는 아빠의 품이 낯선지 아빠에게 안기자마자 울음을 터트렸다.

　"뚝, 뚝~" 그치겠지 하며 안고 달래는 아빠의 맘과는 다르게 아이는 낯선 사람이 안는 것처럼 계속해서 울어댔다. "낯설어서 그런가 보네, 낯설어서." 울음을 터트리는 아들을 품에 안은 일기사는 다시 엄마 품에 아이를 넘겼다. 아기는 언제 그랬다는 듯 눈물을 그쳤다. 아버지가 낯선 아들… 어쩌면 아이에게는 아빠가 이웃보다 더 낯설었을 것이다.

아기가 아버지의 얼굴이 낯설어 우는 모습에 마음이 아팠다. 자기와 닮은 얼굴인데도 낯선 것일까? 일기사는 아이가 참 많이 컸다고 했다. 사진에서보다 더 큰 거 같다고. 아이가 자신의 품에서 웃는 모습을 보는 건 그 날은 어려울 듯했다.

6시간의 짧은 만남을 뒤로하고 배는 부산을 떠났다. 다시 돌아오기까지 꼬박 두 달을 또 기다려야 한다. 그 사이 아이는 또 자라 있을 것이고, 오늘 둘 사이에 조금 좁혀진 거리는 두 달만큼 다시 벌어져 있을 것이다. 어떤 모습으로 자라 있을지 모를 아들을 그리며 일기사는 사진을 보며 또 웃음을 짓겠지.

아이는 생각했을까? 안녕, 아빠? 아빠인 걸 알았으려나….

*아들의 그림

    배 안 기관장의 방 안에서 회식이 한창일 무렵, 기관장이 자신의 서랍을 열어 한 장의 그림을 꺼내 보여주었다.

    "이게 뭡니까?"
    "우리 아들이 그린 가족이야. 잘 그리지 않았니?"

    그림에는 엄마와 손을 잡고 있는 소년과 그 모자로부터 몇 발짝 떨어져 있는 남자가 있었다.

    "이게 우리 아들이고 마누라고 이게 나야. 하하, 좀 닮았나?"

    입체감 없는 아이의 그림에 얼굴이 닮았는지는 모르겠지만, 왠지 모자와 떨어져 있는 그림 속 남자의 모습은 무척이나 닮아 보였다. "근데 왜 아빠는 떨어뜨려 놓은 거예요?"라고 묻자, 기관장은 "아들은 가족을 그리면 항상 그렇게 그리더라고." 쓸쓸

한 목소리로 말했다. 애들은 거짓말을 못 하는 걸까?

"너희 아빠는 언제 집에 오니?" 누군가 물으면 아들은 그때마다 "아빠는 바다에 있어서 몇백 밤을 자야 해요"라고 답했다고 한다. 아이가 셀 수 있는 숫자는 얼마나 될까?

나 역시 어릴 적 물건을 사 달라고 조르면 엄마는 백 밤만 자면 사 준다고 했다. 어린 나는 백 밤을 채우려고 하루 이틀 십일을 세다가 백 밤이 지나기도 전에 뭘 사 달라고 했는지를 잊어버렸다. 백 밤은 아이들에게는 무의미한 밤일지도 모른다. 그렇게 몇백 밤을 자고 나서야 오는 아버지라면 기억에서 흐려져 가는 건 당연한 일이 아니었을까?

휴가 때 기관장과 놀던 아들이 즐겁게 놀다 문득 기관장에게 물었다고 한다. "아빠는 배를 안 타면 안 돼요?" 순간 기관장이 당황해하며 무슨 말을 할지 고민하던 때, "아빠가 배를 타야 우리가 먹고살지…." 자문자답해 버린 아이의 모습에서 기관장은 두려웠다고 한다. 언젠가 아들의 왜 옆에 안 있어 줬냐는 원망을 듣게 될까 봐 말이다. 그 말이 가슴에 맺혀 몇 날 밤을 뜬눈으로 지새웠다고 한다.

*아빠가 낯선 딸

한국에서 새로운 기관장이 승선했다. 배가 출항을 하자마자 기관장은 아이처럼 흐느껴 울었다. 저렇게 배를 오래 타도, 배 타는 게 싫은가 하는 생각이 들 찰나, 울음을 머금은 목소리로 말했다.

"내가 잘못한 걸까."

기관장은 몸이 좋지 않아서 이번 휴가를 길게 쉬며 치료를 받을 예정이었다. 평소와 같았으면 집에 1~2달 있었을 아빠. 2달이 지나고 3달이 지나도 아빠가 집에 있다는 게, 원래 있어야 할 모습이 아니라고 느꼈던 걸까? 고등학생인 기관장의 딸은 아빠가 있는 것에 불편해했다. 친해지기 위해 관심을 가지면 간섭으로 받아들였고, 대화는 잔소리가 됐다. 불편한 모습에 기관장은 집에 있어도 내 집이 아닌 곳에 있는 기분이었다고 한다.

외출해서 돌아오던 어느 날, 딸이 안방에서 엄마와 하는 대화를 듣게 되었다.

"아, 도대체 언제 가?"

방에서 들려오는 딸의 짜증 섞인 목소리.

"조금만 참아, 곧 가실 거야."

'내 집에서 내가 있는데…. 오랜 시간 집에 없다 보니 항상 떠나야 하는 사람이 돼버린 걸까?'

그 길로 기관장은 배로 돌아왔다. 그리고 어쩌면 집보다 더 편안할 배에서 눈물을 흘렸다. 그 이야기를 듣고 우리는 아무 말도 할 수가 없었다.

선원과 사랑을 한다는 건 누군가에겐 기다림과 그리움을 심는 일이다. 아이가 첫 뒤집기를 하는 날에도 첫 옹알이를 하는 날에도, 입학식에도 졸업식에도 함께 하기 어려울 것이다.

선원들 가운데 결혼생활 20년, 30년 차라 말하면 "신혼이겠네요"라고 우스갯소리를 하곤 했다. 실제로 두 사람이 결혼해서 함께 보낸 시간은 몇 년 남짓일 것이다. 기다려줄 수 있는 여자, 그게 필수조건이었다. 외모가 마음에 들어도 성격이 잘 맞아도 배를 기다려줄 수 없다면 결국 이루어질 수 없는 것이 현실이다.

바다와 눈물 색

    배를 탄다는 건 아버지가 아니라 아들로서도 슬픈 일이다. 바다 한가운데, 주변에 아무것도 없는 오직 바다만이 가득한 인도양을 지나고 있을 무렵 위성전화가 울렸다. 급한 일이 아니면 비싸서 잘 걸려오지 않는 전화였다.

      "여보세요?"

    선장이 전화를 받았다. 표정이 순식간에 어두워졌다.

"네…."

수화기를 놓고 선장은 갑판장을 불렀다.

"갑판장님, 어머님께서 작고하셨답니다…."

조리장은 갑판장의 방문 앞에 밥과 향초를 준비해주었다. 갑판장은 밥과 초를 들고 방문을 조용히 잠갔다.

방에서 울음소리가 흘러나왔다. 울음소리가 파도 소리보다 더 가깝게 들렸다. 누구도 만날 수 없는 배에서, 갑판장은 더 이상 만날 수 없는 어머님을 기렸다. 그날따라 배는 더 조용했다.

"빛이 없으면 아무것도 볼 수 없소, 빛이 있어야 볼 수 있는데, 환한 대낮에 나와도 어머니는 볼 수 없네. 오히려 눈을 감아야 어머니가 보이오."

갑판장의 읊조림은 그 무엇보다 구슬프게 들렸다.

배를 탄다는 것이 슬픈 건, 일기사, 기관장, 갑판장과 같은 일이 그들의 개인에 국한된 일이 아니라, 배를 타는 누구나 해당하는 일이기 때문이다. 승선근무를 함으로써 주위의 소중한 사람들과 떨어지게 되었지만 그럼에도 사랑받고 싶은, 사랑받기 어려운, 여기는 너무 슬픈 아버지와 아들들이 모여 있는 곳이다.

바다와 눈물 색이 똑같은 건, 어쩌면 바다가 아버지를 대신해서 울어주기 때문인지도 모른다.

　항구를 품은 도시마다 이별 이야기가 있다. 그중 배를 타고 떠
난 이를 기다리는 여인의 지고지순한 사랑 이야기가 유명하다.
기다리다 그 자리에서 돌이 되었다든가, 꽃이 되고야 마는 사랑
말이다.

　　Brandy (You're A Fine Girl) - Looking Glass

　　There's a port on a western bay
　　서쪽 해안가에 항구가 하나 있는데

배를 타며 파도치는 내 마음을 읽습니다

And it serves a hundred ships a day

하루에도 수백 척의 배가 들락거렸죠.

Lonely sailors pass the time away

외로운 선원들은 그곳에서 시간을 보내곤 했어요.

And talk about their homes

그들의 고향에 대해서 이야기하며

And there's a girl in this harbor town

그 마을엔 한 여인이 살았었는데

And she works layin' whiskey down

위스키를 파는 일을 하고 있었죠.

They say "Brandy, fetch another round"

그들이 "브랜디, 한 잔 더 가져와!"라고 말하면

She serves them whiskey and wine

그녀는 그들에게 위스키와 와인을 대접했죠.

The sailors say "Brandy, you're a fine girl"
(you're a fine girl)

선원들이 말하길, "브랜디, 넌 정말 멋진 여자야!"

"What a good wife you would be" (such a fine girl)

"넌 정말 좋은 아내가 될 거야."

"Yeah your eyes could steal a sailor from
the sea"

"그래, 아름다운 너의 눈동자는 선원들을 바다로 떠나
고 싶지 않게 만들어."

(dooda-dit-dooda), (dit-dooda-dit-dooda-dit)

배를 타며 파도치는 내 마음을 읽습니다

Brandy wears a braided chain

브랜디가 차고 있던 사슬 목걸이

Made of finest silver from the North of Spain

바다 건너에서 만들어진 질 좋은 목걸이였죠.

A locket that bears the name

목걸이의 로켓 속에 새겨진 그 이름

Of the man that Brandy loves

브랜디가 사랑하는 남자의 이름이죠.

He came on a summer's day

화창한 여름 그는 다가왔죠.

Bringin' gifts from far away

머나먼 곳에서 가져온 선물과 함께

But he made it clear he couldn't stay

하지만 그는 이곳에 정착할 순 없다고 못 박아뒀죠.

No harbor was his home

항구는 그의 집이 아니었답니다.

The sailor said "Brandy, you're a fine girl"
(you're a fine girl)

그가 말하길, "브랜디, 넌 정말 멋진 여자야."

"What a good wife you would be" (such a fine girl)

"넌 정말 좋은 아내가 될 거야."

"But my life, my lover, my lady is the sea"

"하지만 내 삶은, 내 사랑은, 내 여인은, 바로 바다야."

(dooda-dit-dooda), (dit-dooda-dit-dooda-dit)

배를 타며 파도치는 내 마음을 읽습니다

〈가디언즈 오브 갤럭시 VOL. 2〉에서 이 노래가 나올 때, 배에서 들었던 이야기가 떠올랐다. 항구도시와 선원들에게 사랑은 빼놓을 수 없는 이야기이다.

노래 가사처럼 사랑에 빠지는 선원들의 이야기가 종종 들려온다. 배가 정기노선을 항해하게 되면 들어갔던 항구를 다시 방문하는데 그러면서 현지의 여인과 사랑에 빠지는 사람들도 있다.

가장 많이 입항하는 항구이자 우리나라와 비슷한 문화를 가지고 있기 때문일까? 중국 여인과 사랑에 빠지는 이야기가 제일 많았다. 외국인과 사랑에 빠지는 이야기를 들을 때면, 언어가 통하지 않는 사람끼리 어떻게 사랑에 빠질까? 생각하곤 했지만, 글쎄 어쩌면 말이 통하지 않기에 통하는 다른 게 있는 거 아닐까? 사랑은 어차피 상대방을 착각하는 일이니까. 말이 안 통하는 만큼 더 좋게 상대방을 착각할지도 모르는 일이다.

배는 5년 주기로 도크라는 곳을 간다. 쉽게 말해 종합검진 받으러 간다고 생각하면 된다. 배의 전체적인 정비와 페인트칠을 하기 위해 정기적으로 도크에 들어가는데, 대개 인건비가 싼 중국으로 간다. 도크에 가면 아침에는 아침부터 저녁까지 배에서 일하고, 그 이후에는 자유 시간을 갖는다. 그럴 때면 선원들은 으레 밖으로 나가 술을 마시며 그날의 스트레스를 푼다.

도크 내에서 프로펠러 수리하는 모습

중국 도크에 갔을 때의 일이다. 일을 끝내고 마음이 맞는 선원들끼리 술 한잔하러 밖으로 나섰다. 도크 근처에는 식당 및 술집이 몰려 있곤 했는데 주위를 걷다 눈에 보이는 bar에 들러 술 한잔을 하기로 했다. 바에 들어가니 젊은 바텐더가 위스키를 따르고 있었다. 같이 간 일행은 그 모습이 매력적이었는지 짧은 영어로 그 바텐더 아가씨의 이름을 물었다.

"What's your name?" 아가씨는 "메이유"라고 대답했다. "메이유?" 그러자 그녀가 고개를 끄덕였다. 메이유? 아이유 같네. 이름이 예쁘다며 나란히 앉은 남자들은 숙덕거렸다.

아가씨는 곧잘 잘 웃었다. 영어에도 능통했고 한국어도 곧잘 알아듣곤 했다. 그런 모습에 그는 끌리는 듯했다. 일이 끝날 시간이 되면 동료는 그녀를 찾아가자고 졸랐다.

"같이 안 가시렵니까?"
"귀찮아, 너 혼자 가."
"네, 그럼 다녀오겠습니다!"

그는 진심으로 그녀에게 마음이 있는 듯했다. 그렇게 매번 똑같은 자리에 앉아 그 아가씨를 기다렸다. 어느새 배의 수리가 끝나고 도크에서 나올 때가 되었다. 그에게 남은 시간이 많지 않았다. 그는 용기를 내, 그녀에게 연락처를 받아왔다. 다시 꼭 만나러 오겠다는 약속을 하고서.

"야! 한국 가면 걔 생각도 안 날 거다." 동료들은 그를 놀렸다.

과연 그가 여인과 연인으로 발전할 수 있을지 궁금했다. 배가 한국에 도착하자마자 그는 전화를 걸었다. 그러나 전화는 연결되지 않았다. 없는 번호라는 말이 옆에서도 들렸다.

"야! 뭐야, 전화번호 잘못 적어 온 거야?"
"그럴 리 없는데…."

번호를 다시 눌러보았지만 마찬가지였다.

"젊은 애니까 SNS 할 거 아냐, 이름이 뭐야?"

"이름요? 메이유요."

"메이유? 'mei-you' 그거 없다 뜻이라는데?"

"???"

'mei-you'는 중국어로 '아니', '없다'란 말이었다. 그녀는 처음부터 그에게 이름조차 알려준 적이 없던 거였다. '메이유…' 대체 그는 누구와 사랑을 한 것일까?

가끔 배를 타는 사람을 보고 카사노바라고 이야기한다. 몇 달을 바다 위에서 홀로 떠 있는데 바람둥이가 될 수 있을까? 선원들은 외롭다. 배라는 환경이 누구나 외롭게 만든다. 외롭기 때문에 사랑을 갈구하는 것처럼 보인다. 마음속에 쌓인 온갖 그리움을 참아내는 사람들, 떠나온 것을 미안해하는 사람들을 보고 있자면 괜히 마음이 아프다. 그들의 이야기가 내 이야기임에도 말이다. 6개월, 1년이란 시간을 헤어져 있어야 하기에 기다리고 있으라는 말을 차마 하지 못하고 떠나는 선원들. 실습 나온 파릇파릇한 청년들에게도 가장 큰 고충은 '사랑'이다.

배를 타는 사람에게 짝사랑은 위험하다. "좋아하는 사람이 있는데 고백을 하는 게 맞을까?" 승선하러 올라가는 친구가 내게 물었다. 친구는 이렇게 떠나버리면 짝사랑하는 그녀가 다른 사람을 만나지 않을까 하는 두려움에 걱정하고 있었다.

나는 "그럼 고백해"라고 말했다. 그러자 "그런데 고백해도 만날 수가 없는걸. 곧 배 나가야 하니까…."라며 걱정을 토로했다. 그녀가 반년을 어쩌면 앞으로 계속되는 기다림을 기다려줄지는 알 수 없다. 고백을 하면 알고 지낼 수조차 없어질지도 모르는 일이니까. "네 맘대로 해라." 해줄 수 있는 유일한 말이었다. 고백을 단념하여 그녀가 다른 사람과 있는 모습을 봐야 하는 것도, 고백했다가 기다림에 지쳐서 떠나게 될 그녀를 원망할 것도 너일 테니까.

6개월 실습하고 떠나는 실습생에게 배에서 환송회를 열어주었다. 모두 모여 그간의 일에 대해 이야기하는데 선장이 실습생에게 이야기해보라고 했다.

"덕분에 배에 대해서 많은 것을 알아갑니다. 다만 아쉬운 점이 있다면 배를 타는 동안 여자 친구가 떠났습니다." 그러자 선장이 말하길, "괜찮아, 배 타면 앞으로도 종종 그럴 거다."

착각(錯覺)이란 어떤 사물이나 사실을 실제와 다르게 느끼거나 생각하는 것이다.

배를 타면 좋은 점 한 가지를 꼽으라면 밤하늘의 별을 보는 일이다. 아무것도 없는 대양에서 밤하늘의 별을 올려다보는 일은 배에서 가장 아름다운 순간이다. 칠흑 같은 어둠 속 까만 바다와 까만 하늘에 수없이 수놓아진 밤하늘의 별은 경이롭다.

우리는 밤하늘의 별이 늘 그대로라고 생각하지만, 실제로 지금 바라보는 별빛은 수만 년 전의 것이다. 아주 오래전 별빛이 이제야 지구에 닿은 것이다. 이미 수만 년 전의 별빛을 바라보며 오늘을 사는 사람들이 소원을 빈다. 모든 일이 잘되길. 그래서 소원은 잘 이루어지지 않나 보다. 지나버린 별빛에 대고 소원을 비니까 말이다.

우리나라에서 정반대인 곳은 어디일까? 어릴 적 놀이터에서 땅을 파면, '이대로 지구 반대편까지 가게 된다면 어디가 나올까?' 생각해본 적이 있다. 어쩌면 어리기에 할 수 있는 착각, 나이가 들면 땅을 아무리 파더라도 지구 반대편으로 갈 수 없다는 것을 안다. '맨틀을 지날 수 없다.', '핵이 있어서 녹는다.' 이런 이유들로 반대편에 도달할 수 없다고. 이제는 그런 착각마저 쉽게 할 수 없게 된다.

인간은 착각하기 쉬운 동물이라는 걸 새삼 느낀다. 착각을 이야기하는 건 내가 정말 착각하고픈 일 때문이다.

처음 배에서 실습했을 때, 항상 내 편을 들어주던 이기사 형이 있었다. 형은 힘들어하는 내게 위로와 조언을 해주곤 했다. 그 형의 계약 기간이 다 되어 먼저 휴가를 가던 날, 형은 나를 자신의 방에 불렀다. "받아" 하고 건넨 형의 손에는 미화 100달러가 있었다. "이제 형이 먼저 가니까 맛있는 거 못 사 주겠네. 맛있는 거 사 먹어." 집에 가는 날까지 친절을 보이는 형에게 나는 펑펑 울어버렸다.

실습을 마치고, 졸업을 하고, 회사에 입사해 배를 탄 지 1년이 지났을 무렵, 나는 남미를 가는 배를 타게 되었다. 부에노스아이레스 항구에 입항했을 때 로밍을 하여 인터넷에 접속했다. 바다에서는 인터넷이 되지 않기에, 몇 달 만에 접속한 인터넷에 설렜다. 다들 잘 지내고 있나? SNS를 살피고 있는데, 실습 때 그 이기사 형의 상태명이 '부에노스아이레스'라고 되어 있는 게 아닌가? 신기한 마음에 연락을 했다.

"형, 어디세요?"

"나? 부에노스아이레스."

"와! 저 지금 거기 입항했어요. 왜 거기 계세요?"

"나 지금 세계여행 중이야. 우리 만날래?"

그렇게 우연히 그 형을 만났다. 약속하지 않은 두 사람이 같은 날, 같은 시간 그것도 한국이 아닌 외국에서 만나다니, 인연이라는 건 정말 있는 것인지 그렇게 몇 년 만에 형을 다시 만났다. 여행 때문인지 형은 예전보다 조금 더 까매진 모습이었다.

"잘 있었어?"

안부를 묻는 말에 어색함은 없었다. 반가움이 가득했다.

"잘 있으셨어요?"

나 역시 기뻐하며 형을 반겼다. 형은 전날 숙소에서 만난 일행들과 여행을 다니고 있었다. 남미는 치안이 좋지 않아서 대부분 동행을 찾아 함께 다녔다.

정박 시간에 여유가 있어 잠시나마 식사도 대접할 수 있었다.

형이 사 주던 과자를 먹고 용돈을 받던 실습생이 이제는 형에게 밥도 한 끼 사는 입장이 되었다는 게 신기하고 감사했다.

여행하는 형과 일행에게 이런저런 이야기를 물었다. 왜 이렇게 멀리 여행을 떠나왔냐고, 어떤 특별한 의미를 찾기 위해 이곳에 왔냐고, 먼 이곳까지 온 사람들은 무언가 다를 거라 내심 생각하고 있었던 거 같다. 하지만 대답은 같았다. "그냥 보고 싶어서.", "그냥 오고 싶어서." 그래 어쩌면 여행은 삶에 무슨 큰 의미가 있는 게 아닐 수도 있다. 그냥 내가 보고 싶고, 하고 싶고 그냥 하는 용기의 차이지. 사람들은 여행을 떠나는 사람들에게는 무언가 더 있으리라 착각하고 있는지도 모른다.

형은 농담 삼아 카메라를 빌려줄 수 있냐고 물었다. 형의 카메라는 일주일 전에 강도한테 도둑맞았다고 했다. 남미에서 배낭여행객들에게는 카메라를 강도 맞는 일은 빈번한데, 목에다 카메라를 메고 다니는 것은 "훔쳐가세요~" 하는 것과 마찬가지라고 했다. 목 앞에 카메라를 메고 있으면, 목 앞으로 들어오는 칼을 보게 된다고, 그런 식으로 카메라를 도난당한 일행이 내게 말해주었다.

형은 다음 여행지에 가기 전까지 카메라를 구하기가 어렵다고, 카메라를 사려면 일정이 바뀌게 된다고, 빌려줄 수 있냐고 물었다. 당연히 안 된다고 이야기했다. 나 역시 앞으로도 사용할 일이 많아 빌려줄 수 없는 노릇이기에 "에이~ 그래도 이건 안 돼요"라고 부탁을 거절했다. 시간이 지나 나는 다시 배로 향해야 했고, 형 또한 다음 여행을 위해 숙소로 돌아갈 시간이 다가왔다. 형은 "오늘 밥 잘 먹었다. 다음에는 형이 한국에서 사 줄게, 그때 보자" 하며 다음을 기약했다. 그렇게 우리는 부에노스아이레스를 떠났다.

부에노스아이레스를 출항해 40일쯤 지나 한국에 도착했다. 그리고 듣게 된 소식. 형이 죽었다. 우리가 만나고 며칠이 지나지 않아 형은 사고를 당했다. 나는 울어버렸다. 착각 속에 살았다. 형은 잘 지내고 있을 거라고, 어떤 일이 있었는지도 모른 채, 나는 배에서 그냥 웃으며 잘 지냈다. 형이 떠났다는 소리를 들었을 때, 배가 미웠다. 친한 사람의 죽음도 알지 못하고 사는구

나. 아무렇지 않게, 배는 그렇게 잔인한 곳이구나 싶었다. 누군가를 잃었지만 잃는지도 모른 채 지내 왔다는 건 마음이 아팠다. 혹시나 내가 카메라를 빌려줬다면 무언가 달랐을까? 그랬으면 조금은 달라졌을까? 카메라를 사지 않고 일정이 바뀌지 않았다면 달랐을까?

그래 모두가 착각 속에 산다. 누군가는 죽은 사람은 밤하늘의 별이 된다고 했다. 그것은 정말 착각일지도 모르지만, 때론 착각하고 싶다. 하늘의 별이 되어 행복하기를.

승선하기 위해 브라질에서 수속할 때의 일이다. 때로는 외국에서 배를 타기 위해 비행기를 타고 와 낯선 곳에서 승선을 한다.

대기실에 앉아 순서를 기다리는데, 옆에 앉아 있던 필리핀 선원이 말을 걸어왔다.

"Where are you from?"

"I'm korean."

다음 말을 듣기까지, 여기까진 자연스러웠다.

　　　"Si Pa Roma?"

"뭐라고?" 그는 또박또박 다시 말했다.

　　　"시빠로마."

　황당했다. 나는 그저 한국에서 왔다고 했을 뿐인데 생판 모르는 사람에게 그것도 지구 반대편 브라질까지 와서 욕을 먹다니….

　하도 그 말이 또렷해서 그 단어를 어떻게 알게 됐냐고 물어보았다. 그러자 필리핀 선원은 예전에 한국 선원과 같이 승선했었는데 그때 탔던 한국인이 매일같이 자기에게 하던 소리라고 했다. 그러고는 이거 맞지 "RIGHT? XX놈아"라며 다시금 내게 그 단어를 들려주었다.

　나는 "쏘리"라고 말하며 얼굴이 화끈거려 그 자리를 떴다.

외국 선원과 지내다 보면 한국말을 하나둘씩 하는 사람들을 만날 수 있다. 오래 같이 생활해서일까 나도 인도네시아어, 필리핀 말은 간단한 것은 할 수 있다. 그럴 때 주로 외국 선원의 입에서 나오는 말은 아쉽게도 욕이 대부분이다. "씨빠~", "에이! 씨." 이런 말은 왜 아무도 알려주지 않아도 다들 아는 걸까? 욕 못지않게 많이 하는 말은 "빨리빨리"로 역시 한국인을 대표하는 말은 "빨리"가 아닐까 싶다.

한국 사람과 승선한 지 20년이 된 인도네시아 갑판장이 있었다. 언어적 재능은 타고나는 것인지 따로 한국어를 배우지 않았다고 했는데도 간단한 한국어로 소통이 가능할 정도였다.

"일기사, 밥 먹었어요?"
"네, 갑판장님도 드셨어요?"
"응 먹었어. 일기사님! 문 닫아 추워."

자연스러운 한국어에 마주칠 때마다 너무 신기하다는 생각이 들었다. 이 인도네시아 갑판장의 더 대단한 점은 노래를 한국어로 부른다는 것이었다.

배의 휴게실 한구석에 누가 가져다 놓았는지 모르는 기타가 있었다. 일요일엔 갑판장이 그 기타를 집어 들었다.

"한 곡 할까요?"

"들려주세요."

갑판장은 미소를 지으며 기타를 잡고 코드를 누르며 노래를 부르기 시작했다.

비바람이 치던 바다~

잔잔해져 오면~

오늘 그대 오시려나~

저 바다 건너서~

밤하늘에 반짝이는~

별빛도 아름답지만~

사랑스런 그대 눈은~

더욱 아름다워라~

그대만을~

기다리리~

내 사랑 영원히~

기다리리~

그대만을~

기다리리~

내 사랑 영원히~

기다리리~

오랜 시간 한국 사람들과 승선하며 익힌 노래, 한국 사람들이 부르는 노래를 듣고 외웠다고 했다.

"갑판장님, 같이 전국노래자랑 나가요!"

갑판장은 웃으며 계속 노래를 부른다.

외국인과 한국 사람이 함께한다면 외국인의 대다수가 배우는 말은 "빨리빨리", "돌+I", "X발"이지만 이렇게 아름다운 노래를 더 많이 배워 가면 어떨까 소망해본다.

이런 아름다운 노랫말을 조금 더 많이 배워 가길 바란다.

PART 5

배 밖에 펼쳐진 세상

경적이 울린다. 바다만 보이던 창가에 모처럼 푸른 물결이 아닌 무언가로 채워지기 시작한다.

하늘에는 갈매기가 날고 해가 진 후 깜깜했던 눈앞이 조명으로 채워진다. 배가 땅에 도착한다는 것은 이러한 기분이다.

배를 타고 육지에 접안하는 것은 비행기로 도착하는 것과는 다르다. 하늘에서 내려와서 걷는 것과 바다에서 시작해 걸어 올라서는 것은 그 시작부터 다르기 때문이다. 배와 점차 가까워지는 육지는 내가 지나온 바다의 끝이고, 건물은 땅이라는 조각 위에 얹혀 있는 장난감처럼 보인다.

배를 탐으로써 비행기 위에서 내려다보면 몰랐을 것들을 마주한다. 밑에서부터 올라간 절벽은, 그냥 서 있는 절벽과 달리 무섭지 않듯, 배를 타고 도착하는 것에는 두려움이 없다. 그 땅의 끝에서부터 올라간 나는 다시 끝으로 돌아오기만 하면 된다. 어떤 육지든, 아무것도 없는 바다보다는 나을 것이다. 배로써 낯선 곳에 발을 디딘다는 건, 그 첫발이 모든 시작점이 된다. 비행기 안에서 그 나라 사람을 만나고, 하늘에서 비행기 창가로 바깥을 내려다보며 그곳에 대한 정보를 얻지만, 배는 흡사 콜럼버스처럼 첫발을 내딛는 순간이 그 나라의 사람을 마주하는 일이 된다.

뉴욕 입항 중에 찰칵

배를 타며 마주치는 곳에는 모를 권리가 있다. 요즘은 권리를 잃어가고 있는 듯하다. 처음 보는 그 길을, 내가 아는 길처럼 헤매지 않고 찾아가며 먹어보지 않은 음식이, 단지 쓴지를 미리 안다. 느껴보지 않았던 것이 미디어에 의해 익숙해지고, 낯선 마주침의 감동은 미디어로써 먼저 접해 타인의 감동이 진실이었는지를 판단하는 척도가 되어버리기도 한다. 스스로 느끼는 감동을 잃어간다. 그렇기에 새로움을 좋아하는 사람들은 더 오지로, 오지로 낯선 곳을 향해 가는 것일지도 모른다.

배는 아무것도 알려주지 않는다. 배의 목적은 나를 데려다주는 것이 아니기 때문이다. 배가 육지에 도착한 것은 자신에게 맡겨진 화물을 목적지에 배달하러 온 것일 뿐, 그저 마침 내가 타고 있었을 뿐이다. 짐을 내리는 그 시간에 운이 좋으면 그곳을 둘러볼 수 있다.

배를 탄다고 무조건 외국을 구경하는 것은 아니다. 원양(遠洋, 육지에서 멀리 떨어진 바다)상선을 타야 하고, 배를 타며 새로운 도시를 한 번도 구경하지 못할 수도 있다. 예기치 않게 항로가 바뀌거나, 태풍이 불거나, 포트가 파업해서 상륙을 못 나가거나, 질병이 발생해서 배에 묶여 있거나, 배에 일이 발생하여 일하느라 나갈 시간을 갖지 못할 수 있다.

배는 생각할수록 인생과 닮았다. 내가 원하지 않아도 흘러가고, 내가 원한다 해서 멈추지 않는다. 그 흘러감이 지루하기도 하지만 때로는 예기치 못한 곳에 나를 데려다 놓기도 한다. 그곳이 마음에 쏙 들기도, 때론 별 볼 일 없는 마음을 선사하기도 하지만, 그것이 인생이 아닌가 생각해본다. 태풍이 치고 예기치 못하게 항로가 바뀌는 것도 인생의 한 부분이다. 삶 역시 언제 태풍이 불지, 나의 길이 변할지 모르는 것이다. 결국 '배는 간다'는 사실이 우리네 인생도 흘러간다는 사실과 맞닿아 있다. 내릴 수 없는 인생을 좀 더 가깝게 느끼고자 한다면 인생에 한 번은 배를 타고 떠나보길 추천한다.

배가 육지에 도착했다. 헛생각은 그만하고 일을 해야지.

항구에 도착하면 가끔 혼자 길을 나서곤 한다. 신경 쓸 사람이 없다는 것만으로 마음이 편하다. 억지로 웃지 않아도 되고, 발길 닿는 데로 가면 그만이고, 먹고 싶으면 먹고, 멈추고 싶으면 멈출 수 있다.

지구 반대편 남미에서 승선하기 전의 일이다. 회사에서 연락이 왔다.

"동현아, 잘 쉬고 있어? 배 나가야지. 남미 가는 배인데, 브라질에서 승선이야. 혼자 가야 하는데 여행 많이 가봤지? 혼자 갈 수 있겠지?"

"물론이죠. 혼자도 충분합니다. 걱정하지 마십시오."

다음 날 회사에서 비행기 표가 날아왔다. 표를 받아 들자 그제야 실감이 났다. '진짜 가는구나. 이웃집 가듯 이렇게 불쑥 남미를 가게 되다니….'

잠시 옛일이 떠올랐다. 언제였을까? 혼자 떠난 첫 여행은, 고등학교 1학년 여름방학 때였다. 17살 몸이 크니 마치 어른이나 된 줄 알고 집을 나섰다. 부모님에게 말씀드리지 않고 훌쩍 떠난 첫 여행, 어린 마음에 그것은 대단한 결심이었다.

나는 무턱대고 짐을 쌌고 모아둔 약간의 돈을 들고 부산으로 향했다. 영도에 도착하여 태종대행 버스를 타기 위해 눈에 띈 가게 아주머니에게 물었다.

"태종대 가려고 하는데 버스 타려면 어떻게 해요?"

"어디서 왔어요?"

"여수요."

"다른 지역 버스카드는 못 써요."

버스카드 한 장과 몇만 원 달랑 쥐고 있던 나는 이정표에 10km라고 적힌 걸 보고 걷기 시작했다. 가다 보면 나오겠지 싶었다. 태종대를 향해 하염없이 걸었다. 그런데 반도 못 가서 해가 기울기 시작했다. 길을 잃었고 덩치만 어른인 나는 울었다. 잠은 자야 했기에 택시를 타고 가까운 찜질방에 갔다. 그런데 밤에는 보호자 허락 없이는 안 된다는 말에 어쩔 수 없이 아버지에게 전화를 걸었다. 명색이 가출인데 잠자리 하나 해결 못한 내가 부끄러웠다. 내 첫 혼자만의 여행의 기억은 무르고 엉성했다. 그랬던 내가 표 한 장 들고 지구 반대편 남미로 떠난다. 나도 꽤 성장한 것으로 생각해도 되겠지? 고등학생 때와 달리 지금의 난 어디든 쉽게 홀로 떠난다.

혼자 기억할 수밖에 없는 여행은 타인을 사진작가로 만든다.

셀카 모드나 셀카봉으로는 찍는 데 한계가 있어 지나가는 사람들에게 카메라를 맡기고 사진을 부탁했다. 그들이 찍어주는 사진이 마음에 드는지 안 드는지는 내가 관여할 수 없다. 철면피가 아니라면 시간을 내어 사진을 찍어준 그들에게 "사진 맘에 안 들어요. 다시!"라고 할 수는 없으니까. 혼자 여행을 하면 받아들이는 것에 초연해진다.

오롯이 혼자이기에 불편함을 감수하고, 타인 앞에서 부끄러운 포즈를 지어 보이는 용기마저 내야 한다. 동행이 있다면 사진을 확인하고, 지우고 다시 찍기를 반복하겠지만, 그렇지 않다면 그저 모델이 되어 사진을 받는 수밖에. 그래서일까? 내가 보지 못하는 새로운 구도의 사진을 마주하게 된다. 타인이 바라본 낯선 나를 본다.

한국 사람들이 여행지로 많이 찾는 유럽이나, 남미를 보면 혼자 왔음에도 낯선 이들과 동행하는 모습을 종종 볼 수 있다. 낯선 사람이라는 불안과 함께 있다는 안정 그 대립적인 두 관계가 붙어 있다. 그런 관계는 간섭할 수 없는 어색한 관계로 인한 혼자만의 안락함과 모르는 이와 불필요한 감정을 나누지 않아도 되는 편리함에 오는 건지도 모른다. 우리가 진정 '원하는 삶'이란 이런 것은 아닐까? 함께 있지만 방해받지 않는 나만의 감정.

혼자 여행은 혼자가 되기 위한 여행이 아니라, 나를 채워 줄 사람과 사건을 기다리는 여행이라는 생각이 든다.

지금 홀로 걷는 내 걸음의 옆을 슬쩍 내려다본다. 이 길을 돌아왔을 땐 또 무엇이 채워져 있을까. 기대 반 걱정 반으로 풍경을 바라본다.

지중해를 지나는 중입니다

유럽을 항해하다 보면 파도가 잔잔해지는 곳을 만나게 된다. 로마인들이 말하는 그들의 호수, 지중해다. 이 지중해를 들어서는 좁은 해협을 '지브롤터'라고 한다.

학창 시절 세계사 수업 시간에 그림으로만 본 적이 있는 이 해협을 실제 배 위에서 바라봤을 때 그 느낌은 충격이었다. 지도상으로 보던 거리와 현실에서 바라본 대륙 간의 거리는 너무나 차이가 컸기 때문이다.

세계지도는 구형인 지구를 평면으로 옮겨놓아서 실제와는 오차가 있다. 가령 남반구에 존재하는 아프리카 대륙은 실제 크기보다 더 작거나, 북반구에 있는 몇 나라들은 반대로 더 크게 그려져 있다. 지도만으로 지리를 알고 있다면, 당신은 세계의 모양을 잘못 알고 있는 것이다.

지브롤터해협을 지날 때, 갑판에서 양옆을 바라보면 오른쪽은 유럽이 왼쪽에는 아프리카 대륙이 한눈에 보인다. 해협의 중심에서 마주 선 두 대륙을 본다는 것은 그야말로 장관이다. 유럽과 아프리카가 이토록 가깝다 보니 침략의 역사는 어쩌면 당연한 일이었는지도 모르겠다. 이렇게 눈앞에 보이는 땅을 사람들이 건너지 않으려 할 리 없으니까.

바다를 항해하다 보면 역사는 지형이 만들어낸다는 사실을 이해할 수 있다. 문득 로마와 카르타고의 이야기가 떠올랐다. 아프리카의 카르타고와 유럽의 로마, 두 대륙의 싸움, 포에니 전쟁이라 불리는 그 일은, 어쩌면 시작부터 정해져 있던 걸지도 모르겠다. 서로가 마주 보는 위치라면 싸움의 역사는 필연적일 테니까. 이렇게 세상의 일들이 정해져 있을지도 모르는 일이라면, 그것을 바꿀 수는 없는 것일까? 땅이, 환경이 운명을 결정짓는다면, 어쩌면 우리는 그 운명을 바꾸는 방법도 알고 있는지도 모른다.

세계적으로 가장 유명한 운하 두 군데를 꼽는다면 수에즈 운하와 파나마 운하다. 수에즈 운하가 생기기 전 유럽에서 인도를 가는 방법은 아프리카 대륙을 돌아가는 것뿐이었다. 약 16,000km 거리를 돌아가야만 인도에 도착할 수 있었는데, 파나마 역시 약 21,000km 남미대륙을 넘어야만 목적지에 도달할 수 있었다. 그 길은 우리에게 유일한 길이었다. 운하가 생긴 후 16,000km에 달하던 길은 10,000km로 21,000km에 달하던 길은 5,000km로 줄었다. 세계가 가까워진 것이다.

길이 없으면 길을 만들면 된다는 간단한 이치를 이 운하를 통과할 때마다 떠올린다. 사람이 살아가는 길도 마찬가지일 텐데, 당연히 지나는 길이 익숙해지면 자신과 다른 세계 간의 거리를 좁힐 기회는 없을지도 모른다. 돌아가고 싶지 않다면 자기만의 길을 만들어야 한다. 하지만 그건 쉬운 일은 아니다. 새로운 바닷길 길을 뚫는 것만큼이나 인생길을 뚫는 것은 어렵다. 그래서 우리의 세계는 당연한 길, 같은 길을 이야기한다. 나이에 맞는 일을 하고 행동하라고. 10대에는 대학을, 20대에는 직장을, 30살에는 안정을, 그 길이 과연 가장 옳고 빠른 길인지 때로는 모두가 당연하다고 여기는 그 길 말고도 더 가까운 길이 내게도 있지 않을까. 서른을 앞둔 길목에서 생각해본다.

파나마 운하

배를 타며 파도치는 내 마음을 읽습니다

이집트 수에즈 운하

길은 내게 특별하다. 길 위에 서 있다는 것은, 배의 철판 위에
발 딛고 사는 내게 땅 위에 있다는 말일 테니 말이다.

세계지도에 내가 다녀갔던 나라와 도시들이 늘어나고 그곳
에서의 기억들이 쌓여간다는 게 가끔 신기할 때가 있다. 게으른
주말 아침, 슬리퍼를 신고 어슬렁대며 동네 슈퍼에 나서는 일처
럼, 지도에서 찾기도 힘든 어느 항구도시를 거닐 때도 가끔 그
곳 주민인 것처럼 자연스럽고 편안해진다. 지금 기억하기로 벨
기에가 그랬다.

벨기에 브루게는 세계 문화유산으로 지정되었을 만큼 중세의 옛 모습을 그대로 보존하고 있다. 오래된 건축물들 사이로 여전히 마차가 달린다. 물론 관광객을 위한 마차지만 영화에서나 보던 풍경을 내 눈으로 보는 건 신기했다.

중세의 도시를 걷다 보면 좁은 도시의 좁은 골목들을 마주한다. 아시아인에 비해 덩치가 큰 유럽 사람들을 생각하면 길이 너무 좁은 게 아닌가 하는 생각이 들 정도다. 길은 약간의 과장을 보태 사람이 누우면 닿을 수 있을 만큼 가까웠다. 나만의 생각일진 모르겠지만, 이렇게 좁은 길을 서로 마주하고 사는 사람들은 좁은 길만큼이나 사람과 사람 사이도 가깝지 않았나 생각을 한다.

벨기에 브루게의 거리

벨기에 브루게의 거리

요즘 우리가 보는 길은 이 길과는 사뭇 다르다. 우리는 좁은 길보다는 넓은 길에 익숙하다. 길을 걸을 때도 좁은 길보다는 넓은 길을 선호하고, 집을 지어도 다른 집이 보이지 않게 길을 두고 멀찍하니 떨어져 집을 짓는 것을 선호한다. 중세의 거리와 같이 이렇게 서로를 바로 마주 볼 수 있는 거리에 집을 짓는다면, 앞집과의 사생활이 지켜지지 않는다고 불평할 것이다.

뉴스에 종종 나오는 아파트에서의 고독사에 관한 소식을 볼 때면, 예전보다는 사람 사이의 거리는 확실히 훨씬 멀어진 것 같다. 물리적인 거리가 멀어짐에 사람 사이도 멀어진 것이라면, 배를 타고 수만 리 이국에 떨어진 나는 사람들과 얼마나 멀어지게 되는 것일까….

눈 내리는 12월 크리스마스, 독일의 브레머하펜에 접안했다. 하늘에서 눈이 내렸다. 유럽에서의 크리스마스라, 생각만 해도 괜히 마음이 들떴다. 항구에서 택시를 잡아타고 시내로 나갔다.

브레머하펜 시내에는 성당 주변으로 상점과 좌판이 옹기종기 모여 있었다. 붉은 성탄 장식을 한 교회를 보니 크리스마스 분위기가 확 다가왔다. 독일 하면 소시지란 생각에 소시지 굽는 냄새를 따라 한 좌판에 들어섰다. 독일 소시지는 한국에서 먹던 것에 비해 많이 컸다. 노릇노릇 익어가는 소시지 하나를 집어 들었다. "어!" 맛이 한국 거랑 차이가 없었다. 현지에서 먹는 음식은 뭔가 다를 줄 알았다.

독일에서의 크리스마스를 경험하고 난 뒤 TV를 통해 서울의 크리스마스 풍경을 보게 되었다. 독일이랑 다를 게 없었다. 이런 게 세계화겠지. 크리스마스는 이제 유럽만의 문화가 아니라 전 세계인이 즐기는 공동의 문화였다. 뭔가 다를 것이라고 생각했지만 독일과 한국 사이에서 기대했던 '뭔가'를 찾지 못했다. 아마 시간이 갈수록 우리 문화와 이(異) 문화라는 차이도 완전히 사라지게 될지 모른다.

인터넷이 발달하면서 물리적인 거리가 갈라놓은 차이가 극복되었고 사라지기 시작했다. 시차가 무색해졌다. 인터넷이라는 새로운 수단이 다른 나라의 일을 우리 일처럼, 세상 모든 일을 가깝게 느끼게 한다. 하지만 오히려 나는 그 착각이, 다른 길은 멀어져 버리게 한 것은 아닐까 하는 생각이 들었다.

우리는 인터넷으로 누구와도 친구가 되지만, 또 누구와도 혜

어질 수도 있다. 인터넷상 친구는 많지만, 실제로 친구를 만나는 시간은 줄었다는 기사를 심심찮게 볼 수 있다. 옆에 사람이 없지만 사람이 있다고 착각한다. 안부를 확인하는 일 없이 그저 SNS를 둘러보면 그만이다. 인터넷을 통해 가까워졌다는 생각이 오히려 마음의 거리는 어느 때보다 더 멀어지게 했는지 모른다.

요즘엔 편지를 쓰질 않는다. SNS의 짧은 글이 그것을 대신한다. 배에서는 아직도 이메일을 쓴다. 느릿느릿 이메일을 적으며 상대방을 떠올린다. 나는 아직도 당신을 생각하고 있다고, 사람과 사람 사이가 멀어지는 시대에도 나는 소중한 사람들을 생각한다.

독일 브레머하펜의 교회

두바이에 도착했다. 항구에서 택시를 타고 두바이에 있는 세계에서 가장 높다는 건물 '버즈 칼리파'로 향했다. 택시에서 내리고 지구상 가장 높다는 건물을 올려다본다.

'이게 높다고?'라는 생각을 했다.

어릴 적 아파트를 올려다보던 일이 떠올랐다. 어릴 적에는 뭐든지 훌쩍 커 보였다. 초등학교 시절 우리 집은 아파트에 살았다. 층층이 문이 보이는 복도식 아파트에서 어릴 때는 아파트를 올려다보며 층을 세곤 했다.

　　"우리 집은 11층이네~"

　십 층만 넘어가면 높고 멀게만 느껴졌다. 그때는 뭐든지 크게만 느껴졌다. 학교도, 아파트도, 자동차도 모두 커 보였다.

　언젠가 오랜만에 예전에 살던 그 아파트에 가보았다. 오랜만에 마주한 아파트에 대한 인상은 '이렇게 작았었나?' 하는 생각이었다. 아파트가 작아 보이는 건, 그때보다 내가 키가 컸기 때문일 것이다. 어쩌면 생각하는 머리가 커서 그런지도 모른다. 커가는 건, 감정을 잊어간다는 말과도 같다.

　　"와~~~ 높다!"
　　"와~~~ 크다!"
　　"와~~~ 넓다!"

　우리는 어릴 적, 입에 달고 살던 "우와", "대빵 크다!" 같은 말은 더 이상 하지 않는다. 머리를 쓰다듬던 커다란 엄마의 손도, 목욕탕에서 두 손을 모아 힘주며 밀어야 했던 넓은 아버지의 등도, 이제는 너무나 조그마한 손으로, 너무나 좁은 등으로만 보인다.

작아지는 것에 대해 생각해본다.

가장 높은 건물.
버즈 칼리파

　기대는 때로 실망을 낳는다. 유명 관광지 중에도 생각보다 실망스러운 곳이 있다. 특히 이탈리아 나폴리는 내가 꿈꾸던 그런 도시는 아니었다. 세계 3대 미항이라는 나폴리에 접안한다고 해서 기관부임에도 밖으로 나와 항구를 바라보았다.

　'세계 3대 미항'이라는 말에 얼마나 설레던지. 그런데 '애개? 뭐야?' 내가 보기엔 나폴리보다 내가 나고 자란 여수 바다가 더 아름다웠다. 나폴리가 어째서 3대 미항이라는 것인지 나로서는 납득이 가지 않았다. 도대체 3대 미항이라는 것은 누가 붙이는 건지.

나폴리를 내려다보며 입소문을 타고 유명해진 곳들은 어쩌면 사람들의 머릿속에 머물 때 가장 아름다운 데가 아닐까 하는 생각을 했다. 내가 상상했던 이탈리아와 실제로 본 이탈리아는 달랐다. 로마는 생각보다 화려하지 않다. 그래서 혹자는 로마를 온전히 여행하는 방법은 오로지 상상하는 것이라고 하였는지도 모른다. 로마를 다니다 보면 그 말에 고개를 끄덕이게 된다.

나폴리와 로마에는 있고 여수에는 없는 것이 있다. 바로 사람들의 상상을 불러일으켜 가득 채울 공간이다. 그것을 우리는 이야기(story)라고 한다. 지중해 도시 이탈리아는 그리스 로마 신화의 발상지이고, 세계사와 전쟁사 그리고 고대 철학의 중심이었다. 시간을 거슬러 이 지역 안에서 벌어졌던 수많은 사건들이 신화가 되었고 결코 사라질 수 없는 가장 스펙터클한 이야기가 되었다.

나는 나폴리보다 여수가 좋다. 여수항과 여수 밤바다가 더 아름답다. 반대로 나폴리, 로마에는 없고 여수에는 있는 게 있다.

추억이다. 내가 태어났고 자라면서 경험했던 모든 사건들이 여수의 거리, 바다, 산, 마을에 담겨 있다.

세계의 여러 도시를 돌아다니면서 생각한다. 우리나라에도 전 세계인들이 사랑하지 않을 수 없는 이야기들이 있는데, 그걸 찾고 알리는 게 중요하겠다고 말이다.

세계를 돌아다니다 보면 가끔 외국보다 아름다울 수(?) 있는 우리나라를 떠올린다.

다시 처음으로

오래된 외장하드 사진첩을 보다 평범한 도로의 사진이 눈에 들어왔다. 언제 찍은 사진인지 연도를 거슬러 올라가다 2015년 실습 때 배를 타고 처음 도착했던 기항지에서 찍었던 것을 기억해냈다. 그저 평범한 길가의 사진이라 용량도 차지하는데 지울까? 생각한 순간 그때의 기억을 떠올렸다.

실습으로 첫 승선을 한 나는, 배를 타고 미국 롱비치항에 접안했다. 롱비치는 LA에서 30분 떨어져 있는데 이기사와 할리우드를 구경하기 위해 아침 일찍 배를 나섰다. 배를 타고 처음 도착한 미국의 모습은 모든 게 신기했다. 지나가는 자동차도, 평범한 건물도, 신호등까지도.

연일 핸드폰으로 찰칵찰칵 사진을 찍었다. 핸드폰에는 '저장 공간이 부족합니다'라는 알람 창이 화면을 메웠다. 가는 길목마다 연일 카메라의 셔터를 눌러대느라 발걸음은 늦어졌다.

그러자 이기사는 내게 말했다. "야, 빨리 가자, 그만 찍어. 여기는 관광지도 아닌데 지금 찍어둔 거 나중에 보지도 않아. 쓸데없이 찍지 마." 그런 핀잔에도 아랑곳하지 않고 계속 셔터를 눌러대었다. 어쩌면 내가 아기일 때 빼고 이토록 사물을 신기하게 바라본 것은 꽤 오랜만이 아니었을까?

물론 그 사진들은 이기사의 말대로 나중에 지나고 보지 않는 사진이 되었다. 그렇기에 나는 지금 이 용량만 차지하는 사진을 지울까 고민하는지도 모르지만, 여행에서 사진을 찍는다는 건, 그만큼 이 순간을 기억하고 싶다는 반응이다. 처음이기에 느끼는 신비한 감정을 남기기 위해 사진을 찍었다.

우리의 여행에는 너무 '빨리'가 들어가 있다. 제한된 시간에 많은 걸 보기 위해서는 어쩔 수 없는 일이지만, '빨리' 가기 위해서, 빠르게 지나가 버릴 처음이라는 순간을 가볍게 놓치고 있는지도 모른다. 평범한 거리에서 느낄 수 있는 이런 낯선 감정은 익숙함에 젖지 않은 지금 이 순간뿐일지도 모르는데 말이다.

몇 년이 흘러 나에게도 실기사가 생겼다. 실습생과 기항지 도시를 함께 나가볼 일이 있었다.

"야, 외국 나가본 적 있냐?"
"아니요, 처음이에요."
"따라와. 형이 좋은 구경시켜줄게."

가본 적 있는 곳이어서 익숙한 걸음으로 실기사와 관광지로 향했다. 걷는 동안 뒤따라오는 실기사가 걸음을 멈추어 찰칵찰칵 사진을 찍는다. 보기에는 그저 평범한 길 위의 풍경을 자꾸 찍어댄다. 빨리 오라며 재촉하려다 예전 기억이 떠올랐다. '나도 저랬었지'. 시간이 지나 배가 익숙해진 지금의 나는 그때의 설렘을 잃어버렸지만 기억만은 선명하다. 걸음을 멈추고 말했다.

"천천히 가자."
"네!"

　낯선 세계를 신기해하며 사진을 찍는 실습생을 본다. 그래, 지금은 어디를 가는 게 중요한 게 아니라, 이런 처음의 낯선 감정을 바라보는 게 더 중요한 것일지도 모른다.

첫 미국 상륙, 로스앤젤레스

PART 6

오늘도 바다를 바라보며

배는 혼자라는 걸 마주하게 하는 공간이다. 북적이는 출근길, 콩나물처럼 빽빽한 지하철과 버스, 사람들이 어딘지 모르게 흘러가듯, 줄지어 지나가는 횡단보도의 모습이 아니라, 배 위에서는 바람이 부는 방향으로 흐르는 파도와 구름 외에는 눈에 들어올 게 없다. 아파트가 없는 세상, TV 소리가 들리지 않는 세상, 빠르게 돌아가는 뉴스도 실시간 돌아가는 스마트폰도 멈추는 곳. '흔들림' 그리고 '그 흔들림을 대하는 나'만을 마주하는 공간이다.

선원들은 대개 6개월 치의 짐을 미리 싸둔다. 바다에 있지 않아도 바다에 갈 짐을, 집 한편에 보관해둔다. 덩그러니 놓인 대형 캐리어를 볼 때면 바다 위의 나는, 지금의 나보다는 훨씬 가벼운 사람이다.

저기 가방 안에 든 것들은 최소한의 나다. 불필요한 것은 가지고 갈 수 없으니 살아가는 데 반드시 필요한 것만 엄선해서 가져간다. 가방 속 물건을 보면 내가 보인다. 지금 인생에서 당장 중요한 것이 무엇인지.

짐이라는 건, 다음을 의미한다.

짐1. 다른 곳으로 옮기기 위해 챙겨놓은 물건
짐2. 수고로운 일이나 귀찮은 물건

저 '짐1'이 바다에 나가기 위해 쌓아놓은 것이다. 그것을 제외하고 꼭 필요하지 않은 것이 '짐2'이다. 바다 위의 내 삶은 캐리어 하나면 충분한데, 육지 위에서는 무언가를 항상 요구받는다. 사고 또 사고, 필요는 끝이 없다. 타인이 없는 곳에는 내가 이렇게 가벼워질 수 있다.

  승선을 기다리는 캐리어를 보면, 각자의 삶에 따라 무게가 다르다. 초임 사관은 캐리어가 두세 개나 된다. 무엇이 필요한지 모르니 필요 이상의 것들을 담는다. 그들의 캐리어는 무겁다. 모르는 세계에 대한 불안이 담겨 있기 때문이다.

  배를 40년간 탄 기관장이 있었다. 함께 외국에서 승선하게 되어 수속을 위해 함께 미팅을 했다. 캐리어를 들어드리려 했는데 짐이 없는 게 아닌가? 한국도 아니고 해외에서 승선하기 위해 만났는데 캐리어가 없었다. 달랑 배낭 하나가 전부였다. 나이가 들수록 삶의 무게도 가벼워지는 건가 보다 하고 생각했다.

  어쩜 육지보다 더 익숙한 그 공간에서 더 이상 불안이나 두려움은 담지 않아도 되며 비워낸 두려움의 자리에는 배를 타며 얻은 삶의 지혜가 가득할 것이다. 캐리어를 끙끙대는 초급 사관의 모습을 보며 그런 생각이 문득 떠올랐다.

세월이 가고 경험이 쌓이다 보면 나의 이런 불안도 조금은 사그라질까? 가방도 나도 지금보단 좀 가벼워질 수 있을까? 배와 인생이 같다면 사는 것도 조금 덜 힘들 수 있지 않을까?….

캐나다 밴쿠버 입항 중에 찰칵

흔들림은 언젠가는 멈추기 마련이고 궂은 날씨도 지나가기 마련이다. 결국, 배가 나아가듯이 우리의 시간도 간다. 파도가

치더라도 언젠가 파도는 멈출 것이고 힘든 날이 있더라도 언젠가 좋은 날이 올 테니까. 그게 내가 배에서 배운 세상을 살아가는 법이다.

바다를 보면 날 볼 수 있겠지

배를 타고 외국을 많이 다니는 모습 때문인지 "외국 여행 가는 것에 대해 별로 부러운 게 없겠네?"라는 질문을 종종 받곤 한다. 그 질문에 이어 나오는 말은 "부럽다"였다. 물리적으로 떠나는 것만이 여행이라면 여행이라 할 수 있겠지만, 마음은 떠나오지 못했다면, 여행이라 할 수 있을지 의문이다.

배를 타고 잠시 둘러보던 외국에서 관광객들이 이국적이라 신기해하며 사진을 찍는 곳에서도 내가 생각했던 건, 내가 머물렀던 곳이었다.

나는 떠나려 애써온 삶을 살았다. 지루한 학교가 싫었고 쳇바퀴 돌 듯, 똑같은 삶이 언제나 마음에 차지 않았다. 그래서 선택한 길에 배가 있었다. 그렇게 파도에 몸을 맡겼지만, 배는 떠나는 것보다 고립이라는 것에 가까운 곳이었다. 결국 나는 항상 어딘지 모르게 돌아가고 싶어 했다.

배를 탈 때면 나는 항상 이방인이었다. 외국에서도, 심지어 한국에서도, 6개월 길게는 10개월은 한국도 낯선 풍경으로 바꾸어 놓았기 때문이다. 머물지 못함을 알고 있었기에, 외국에 있든 한국에 있든 선원이라는 직업을 가진 나는 어디서나 곧 떠날 사람이었다.

여행이 즐거운 것은 끝이 있기 때문이다. 힘들고 여행에 지친 몸을 이끌고 돌아갈 곳이 있어 여행이 된다. 돌아갈 곳이 없다면 그건 여행이 아닌 고행일 것이다. 배 타는 것을 여행이라고 하기엔 그곳은 머무르는 집이 아닌 또다시 나를 태우고 다른 곳으로 떠나야만 하는 공간이었다.

나 역시 떠나면 달라질 거라 생각했다. 떠나면 더 새로운 것이 기다린다는 막연한 희망으로 떠나길 반복했다. 지금의 난 떠나지 말자고 속삭인다. 이제는 머무르자고. 남들이 떠나는 것에는 신경 쓰지 말고 나만의 속도로 가자고. 우리는 머무르기 위해 살아가는지도 모른다고. 마음과 함께 머무는 곳, 그곳이 여행이고 그게 행복 아닐까? 머무를 곳을 찾아 이제는 머물러 보려 한다.

바다를 떠다녔던 나를 추억해본다. 그래도 제법 멋진 사진은 꽤 찍었네.

배를 타며 파도치는 내 마음을 읽습니다

배를 타며 파도치는 내 마음을 읽습니다

무지개를 보는 순간

배를 타다 보면 가끔 하늘에 아치를 그린 무지개를 볼 때가 있다. 무지개가 나타난 날이면 부리나케 방으로 가 카메라를 꺼내 온다. 방까지 뛰어서 갔다 온 사이, 무지개는 사라지고 없다. 그럴 때면 아쉽다. 자주 볼 수 있는 게 아니라서 더 그렇다.

'카메라를 찾을 시간에 그냥 더 볼 걸 그랬나?'

바다에서 무지개를 보는 일은 흔치 않다. 바다에서 무지개를 찾는 것은 여간 어려운 일이 아니다. 어쩌면 이런 의외성이 무

바다 위에 떠 있는 무지개

지개를 더 신비하고, 아름답게 보이게 하는 것이겠지만, 무지개
가 사라지고 나면 어쩌면 사람들이 그토록 쫓는 행복이란 것의
본모습은 이 무지개 같은 것은 아닌가 하는 생각을 하게 된다.
잡아두려면 잡아둘 수 없고, 기다려달라고 하면 기다려주지도
않는….

인생이 마냥 행복하다고 생각하는 편은 아니다. 인생은 바다
와 같아서 쉼 없이 파도와 바람이 분다. 지내온 환경이 그랬다.

하지만 그런 곳에도 한 번쯤은 무지개가 뜬다. 살다 보면 한 번쯤은 폴짝 뛰는 날이 오기 마련이다. 그런 무지개가 뜨는 순간을 위해 오늘도 파이팅!

Mother ship(모선)

우리는 배를 she(그녀)라고 지칭한다. 남자들이 가득한 이곳에 유일한 여자는 배다. 배는 어머니처럼 그 품 안에서 사람들을 보듬고 보살핀다. 특정한 누구를 밀어내는 일도 없다. 그런 공통점 때문인지 배에서 내리는 건, 어머니의 품에서 벗어나는 일처럼 힘든 일이다.

선원이란 직업은 불확실성이 제거되는 직업이다. 선원은 앞으로의 일과 시간이 변하지 않으리란 확신이 드는 일이다. 5년이 지나든 10년이 지나든 배에서 업무와 경험할 수 있는 환경은 변하지 않는다. 어쩌면 이보다 안정된 직업은 없다. 오늘, 해오던 일만 할 줄 알면 이 이외의 일은 존재하지 않는다. 다른 능력을 개발할 필요도 없는 보장된 삶이다. 그렇기에 다른 직업보다 훨씬 더 고령의 근로자가 많다. 예전과 크게 달라지지 않는 일이기 때문이다.

젊은 선원들이 배를 떠나고 싶은 건, 어리기 때문이다. 새로운 경험을 해보고 싶은 어린아이처럼. 새로운 경험을 위해 배를 떠난다.

배 타는 것은 사양 산업이다. 예전과 같이 배를 탈 수 없는 건 예전과 같은 환경이 아니기 때문이다. 30년 전에 배를 타던 분들은 육상의 봉급에 기본 3~4배를 받았다. 송출 선원이 아니면 외국을 자유롭게 다니기 어려운 시대였다. 외국에서 들고 오는 물건은 희소하고 좋은 물건이었고, 한국에서 구할 수 없는 것들을 구할 수 있었다.

지금은 육상과 배에서 받는 급여의 차이가 없고, 외국을 나가는 것이 너무나 자유롭다. 더 이상 한국에서 구할 수 없는 것은 없다. 인터넷 한 번이면 미국의 물건이 한국으로 온다. 정보화 시대에 배는 아직도 인터넷이나 정보에 미흡하다. 정보가 전부인 세상에 선원들은 뒤처지기만 한다. 선원들의 삶에 LIVE는 없기 때문이다. 녹화된 방송, 지난 뉴스, 극장에서 개봉이 끝난 영화, 그것이 선원이 볼 수 있는 것들이다. 그런 환경 변화와는 다르게 선원에 대해 보는 관점은 여전히 그대로다.

해운업계를 이끌어가는 분들은 대체로 선원 출신이 많다. 해운업계 사장, 회사의 높은 분들, 선박 공무원 등이다. 근데 배에서 내리면 선원이었던 그때의 기억은 잊어버리는 걸까? 아니면 자신은 다시는 배로 돌아가지 않겠다는 확신 때문일까? 선원에 대한 처우나 환경은 예나 지금이나 크게 변한 것이 없는 것 같다.

학교와 회사들은 말한다. "왜 젊은 선원들은 이렇게 관두는 거야!" 예전에 비해 많은 것이 달라진 세상에서 선원들이 그 정도로 만족해 주길 바라는 건 욕심으로 느껴진다.

어차피 조만간 선원이 사라질 때가 올지도 모른다. 이미 자동화 선박이 시행되고 있으니까 배에 사람이 없는 시대가 올 것이다. 그럼 이렇게 고민하는 사람도 없어지겠지.

문득 요즘 세대가 한국에서 사는 것을 힘들다고 말하는 것도 같은 이유 때문은 아닐까 싶다. 기성세대들은 한국에서 사는 것이 아프리카나 동남아와 같은 다른 나라에 비하면 얼마나 좋으냐, 배부른 소리 한다고 하지만 성장 시대에 혜택을 누리며 사는 세대와 저성장 시대를 살아가는 사람들이 느끼는 것은 다르다. 어쩌면 배처럼 이미 정체되어 버린 산업 같은 한국에서 지난날과 변함없이 살기엔 불만이 생길 수밖에 없다.

해운업계의 선배들은 간혹 '배 탈 때가 좋았지'라고 회상하곤 했다. 배를 계속 타고 있다면 그런 생각을 하지 않았겠지만, 기억이라는 건 과거가 미화되기 마련이다. 어쩌면 지금의 나는 익숙함에 소중함을 잊어서 그러는 것일지도 모른다.

창문 너머 보이는 바다.
저녁노을에 바다가 붉다

바다는 무슨 색일까? 너무나 간단한 질문일까? 어렸을 적엔 그냥 '파란색'이라고 대답했다. 하지만 시간이 지나면서 바다를 어느 하나의 색으로 정의하는 게 어렵다는 걸 알았다. 바다는 무엇을 비추고 있느냐에 따라, 무엇을 담고 있는지에 따라, 그 색이 다양하다. 어쩌면 우리가 당연하게 알고 있는 파란색은 바다의 색이 아닐 수도 있다.

밤바다는 까맣고, 중국 황하 근처를 지날 때면 바다는 황색이다. 그곳에서 나고 자란 사람들은 아마 바다를 그리라 하면 황색으로 그리는 걸 당연하게 생각할 것이다. 이토록 다양한 바다의 색상만큼이나, 배라는 것도 '파랗다'와 같이 하나의 색으로 정의할 수 없다. 배에 대해 글을 적으면서도, 배는 어떤 곳이라고 말하기가 참 어렵다. 바다의 색처럼, '이렇다' 한 가지로 정의하기엔 배는 다양한 것들을 담고 있다.

나에게 11월은 두려운 달이었다. 11월은 내 생일이 있는 달이지만, 생일이라는 기대감보다 수능이라는 날을 생각하면 괜히 몸이 떨려왔다. 수능을 본 지 몇 년이 지났음에도 11월 그맘때가 되면 가슴이 쿵쾅거렸다. 그 하루로 결정지어진 듯한 인생에 승복할 수 없었던 것 같다. 그날 하루로 앞으로도 노력하지 않은 사람이 되어버리는 게 겁이 났다.

그런 생각이 잦아들기 시작한 건 배를 타면서부터였다. 직장은 인정받는 공간이었기 때문이다. 처음 입사하고 연수를 받을 때, "너희는 1%다. 23살 나이에 이런 연봉을 받는 것도, 대기업에 다니는 것도, 그것이 너희들이 얼마나 자부심을 느껴도 되는지 보여준다." 연단에 선 임원의 말에 처음으로 내가 세상에서 인정받는 느낌을 받았다. 행복했다.

하지만 배를 타면서, 그 인정이라는 것도 무뎌졌다. 그 마음 한편에 '그런 인정을 위해 나를 희생하고 감내하는 게 맞을까?', '사는 건 꼭 누구에게 인정받아야 하는 걸까?' 하는 생각이 자라나기 시작했다.

우리는 수학능력을 수능으로, 인성이라는 것도 인적성이란 시험으로 인정을 받는다. 왜 항상 나를 인정하는 건 내가 아닌 타인일까? 그들에게 인정받지 못하면 늘 괴로웠다.

누군가에게 인정받기 위해 기준을 맞추면 그 기준은 항상 들쑥날쑥했다.

배 안은 어떤 타인의 시선이, 사회적 기준이 엄격하게 존재하는 곳은 아니기에 다른 비교는 자연스레 없어졌다. 망망대해, 비교할 곳 없는 곳에서 타인의 평가는 크게 의미가 없었다. 이루어야 할 성취 같은 것이 없이도 나는 지금 잘 살아가고 있다. 하지만 배에서 내리면 결국 배를 오르기 전과 같은 마음이다.

"어떻게 살아야 할까?"

삶은 바다의 색처럼 아는 것 같으면서도 알 수 없는 것 같다.

언제부터인지 모르게, 꽤 어릴 적부터 먹고사는 걱정을 했다. 집이 가난한 것도 밥을 굶는 것도 아니었지만, 언제나 '이거 하면 먹고살 수 있을까?' 고민하곤 했다. 돈도 벌어보지 않은, 사회생활을 한 번도 해보지 않은 고등학생이 몇십 년 후의 인생을 걱정했다. 그건 어린 고등학생만의 생각은 아니었다. 선생님들은 "그거 하면 먹고살 수 있어?"를 물었고, 부모님 또한 "밥은 안 굶고 사는 일을 해야 한다"라고 하셨다. 밥을 굶어가며 자란 적이 없었지만 그 소리는 매번 반복되었다. 그 말은 내가 잘못된 선택을 한다면 굶는 것은 자연스러운 일이 될 것처럼 들렸다.

그렇게 굶어 죽는 잘못된 선택을 하지 않기 위해 난 배를 탔다. 배에 있으면 시간에 맞추어 정확하게 밥이 나온다. 먹고사는 것에 대한 걱정이 없는 직업이라는 말은 일단 맞았다. 굶지는 않는다.

일주일 치 식단대로 밥은 정확히 제시간에 나왔다. 그런데 배는 부른데 허기는 사라지지 않았다. 굶지 않고 삼시 세끼 챙겨 먹는다고 허기가 사라지는 것은 아니었다. 먹고사는 게 삶의 전부가 아니라는 것을 알았다.

어제와 다를 게 없는 오늘, 언제나 비슷한 하루. 기관실을 내려가고 일지를 적고, 어제와 같은 사람을 만나고, 기름을 닦고, 저번 주에 먹던 비슷한 음식을 먹고, 자고 그렇게 같은 하루. 마주치는 상대가 변할 리 없는 그런 일상, 식사하며 배에 관한 이야기뿐인 그런 세상. 그저 먹고만 살면 되는 게 삶인 걸까?

젊은 선원들 중에는 스스로 배에서 내려오는 이들이 많다. 스물아홉 이십 대의 끝 해로 갈수록 고민은 깊다. 이제 곧 서른. 무언가를 새로 시작하기엔 조금 늦은 것 같고, 마냥 어리다 말하기엔 조금 넘치는 나이이다. 배 안에서의 삶에 만족할 수만 있다면 더할 나위 없는 안정된 곳인데….

나는 어려서부터 뒤처지기를 싫어했다. 앞서가는 게 무엇인지, 앞서 나가본 적도 없지만 뒤처지는 것도 싫었다. 재수를 하지 않았던 것도, 대학을 다니며 휴학을 하지 않았던 것도, 어떻게든 제때 졸업하고 취업해서 회사에 들어가려 했던 것도 뒤처지지 않기 위한 욕심이었다.

그 생각에 쫓겨 다니느라 한순간도 괴롭지 않은 적이 없었다. 졸업, 취업, 진급을 모두 제때 하더라도 조바심이 났다. 그 뒤에 있는 무언가를 보며 제때 가야 하는데 제때 가야 하는데 하곤 혼자 웅얼거렸다.

배의 엔진에는 여러 문제를 알려오는 수많은 알람이 있다. 온도, 압력, 누수 등 다양한 부분에서 이상이 있을 때, 엔진은 알람으로 자신의 상태를 알려온다.

알람 중에서도 엔진의 'slow down', 'shut down'을 발생시키는 알람이 있다. slow down이란 엔진의 속도가 늦어지는 것을 말한다. slow down 관련 알람이 발생하면 자동으로 엔진의 속도가 느려진다. 엔진의 문제가 있으면 스스로 부하를 낮추어 손상을 방지하는 것이다.

shut down은 엔진이 꺼져버린다. 이처럼 엔진은 중대한 문제가 발생할 때면 알람으로 스스로 자신을 보호한다. 가끔은 내게도 이런 알람이 있었으면 좋겠다고 생각했다. 아프면 아프다고 어디가 어떻게 아픈지 표시해주는 그런 알람이….

엔진에는 'alarm cancel'이라는 기능도 있는데, 이 기능은 알람이 오면 그 알람이 울리거나 그 알람에 의해 배가 slow down이 작동되는 것을 막게 하는 것이다. 이 alarm cancel은 급한 일에만 사용하는데, 배가 부두에 접안하거나 급하게 수로를 빠져나가야 할 경우에만 간헐적으로 slow down과 같은 알람이 발생해도 작동하지 않게 하기 위함이다. 수로나 배를 피하는 도중에 멋대로 속도가 줄어버리면 사고가 날 수 있기 때문이다. 이런

alarm cancel 버튼은 대개, 아주 잠시 빼고는 쓰지 않는데 오랜 기간 alarm cancel 기능을 작동시키면 엔진의 고장 난 부분이 더욱 크게 망가질 수가 있다.

문제가 있어서 알람이 울리는 건데, 그럼에도 참고 달리라고 했으니 당연히 무리가 오지 않을 리가. 사회는 우리에게 이런 cancel 버튼을 눌러놓았는지도 모른다. 어쩌면 우리 역시 스스로 이러한 알람을 알면서도 눌러왔는지도 모른다. 장남, 서른, 취업 이런 것들의 버튼으로 나라는 엔진이 멈추지 않게 달려왔는지도….

'달려라, 달려라.' 그러다 보니 어디가 고장이 난다. 배를 운항하다 보면 안다. 그렇게 달린 엔진은 정상적으로 오래 달릴 수 없다는 걸 이제는 잘 안다. 멈추어 가자. 그래도 배는 결국엔 간다. 인생도 배도 그렇듯이 그런 알람이 왔으면 멈추고 살펴보아야 한다. 그래야 더 잘 달릴 수 있다. 배는 내게 말한다. "멈추자, 쉬어 가자." 지금의 나도 내게도 알람을 띄우고 있는지 모른다.

배를 타며 파도치는 내 마음을 읽습니다

'멈추자, 쉬어 가자.'

쉬어 가는 데도 용기가 필요한 때가 되었다. "쉬는데 뭐가 힘들어?"라는 말은 어른들이 늘 하는 말이다. 쉬는 것이 가장 힘들다. "남들 다 할 때, 너는 뭐 하고 있냐?"라는 말은 자연스러운 말이 되었다. 그

기관실의 tool: 모두가 각기 다르지만 다 필요가 있다 우리네 삶처럼

러기에 cancel 버튼을 누르고 달렸다. 그 결과 내 행복은 어디에 있는지 나는 모르게 된 건 아닌지….

이제는 내 마음의 엔진 소리를 자세히 들어보려 한다. 나는 지금 어떤지 어떻게 하고 싶은가. 나는 아직 나의 계절이 오지 않았을 뿐이라고 믿고 싶다. 겨울에 꽃이 필 수 없듯 지금은 나의 계절이 아닐 뿐이다. 언젠가 나도 봄처럼 피어날 것을 믿는다.

"우우웅~"

카페에서 커피를 마시던 중 핸드폰 진동이 울린다. 확인해 보니 "배 안 탈래?"라는 연락이었다.

진동은 배와 떼어 놓을 수 없는 존재다. 바다 위 24시간 떠 있다는 건 24시간 파도와 진동을 겪는다는 것이다. 잠을 자든 일을 하든 언제나 진동과 함께한다. 전화를 끊은 후 카페 테이블에 위에 있는 유리잔이 불안하게 느껴진다.

'혹시나 유리잔이 떨어지는 건 아니겠지?'

사실, 배 안에 있을 땐 책상 위에 유리잔을 올리지 않는다. 흔들리는 배 안에 유리잔을 올려놓으면 떨어질 수 있어 위험하기 때문이다. 이게 직업병이라면 직업병일 수 있겠다. 흔들림을 생각하는 것은 내가 선원이라는 명확한 증거일 것이다.

"선원이 부족해."

항상 접하는 기사의 내용이다. 이러한 내용의 기사를 보고 있자면 정말 선원이 왜 부족한지 몰라서 하는 소리인가 하는 생각이 든다. 진짜 선원들이 배에서 어떠한 감정을 느끼는지 배 밖으로는 보이지 않아서 그런 건지…. 그래서 내 이야기를 배 밖으로 내기로 했다. 어쩜 간이 배 밖으로 나온 이야기일 수도 있다. 왠지 배에 대한 이야기를 쓰면 '좋은 이야기만 써야 하는 건 아닐까' 하는 마음이 들었다.

하지만 파도를 맞는 일은 정직하다. 파도를 맞는 일은 요령도 어떤 기술도 없이 그저 견뎌내는 자신과의 싸움이다. 그렇게 묵묵하게 자신을 견디는 선원들의 이야기를 솔직하게 적어보고 싶었다.

배를 타는 대부분의 사람들은 배에 대해 이중적인 감정이 있다. 감사한 직장이기도 하지만 때로는 조금 벗어나고 싶은 공간이다. 하지만 배를 탔던 누구든 자신이 뱃사람이라는 걸 부정할 순 없다. 어떻게 되었든 우리는 파도를 지나쳐온 사람들이다.

배에서는 상륙 나가는 것을 '고쇼'라고 부른다. 처음 그 말을 들을 땐 '고쇼(go show)? 가서 보자는 뜻인가?'라고 생각했었다. 고쇼(go shore) 는 "땅으로 갈 거야?"라고 물어보는 말이다. 바다에 있는 우리가 육지에 접안하면, 땅을 밟으러 갈 거냐는 것이다. '고쇼?'는 선원들과 가장 잘 어울리는 말 같다. 그것이 show든 shore든.

고등학교 때부터 쭉 일기를 써왔다. 일기를 쓴다고 하면, 대부분 궁금해하고 읽어보고 싶어 한다. 사람들에게는 그런 심리가 있는 것 같다. 남들은 어떤 생각을 하고 사는지 궁금해하고 확인하고 싶은 것 말이다. 그런 의미에서 이 책이 그런 일기장이 되어줄 수 있기를 바란다.

선원은 아무나 될 수 없는 일임은 확실하다. 외로움을 견디고 흔들림을 견디는 건 쉬운 일이 아니다. 멋지게 그 외로움을 견디는 사람도 많다. 휴가 때마다 세계여행을 떠나는 사람, 배 안에서 음악을 만드는 사람, 웹툰을 그리는 사람, 글을 쓰는 사람. 그렇게 우리는 배 안에서 조금씩 성장한다.

올해 서른 살이 된 난 이 일을 계속할지 모른다. 다른 어떤 운명 같은 일을 만나게 될지, 여전히 배에서 흔들림을 겪고 있을지도 미지수다. 하지만 난 잘 지낼 수 있을 것이라 믿는다. 내 인생은 결국 나아갈 테니까. 그게 내가 배에서 배운 것이다.

어떤 일을 하든 조금은 내가 지내던 곳이 행복해질 수 있도록 도움이 되고 싶다. 나도, 파도를 맞는 우리 선원들도 조금은 달라지기를 바란다.

배를 타는 선후배님 중엔 내 이야기가 마음에 안 들 수도 있다. "네가 뭘 알아? 선장 기관장도 안 해봤잖아!"라고 말이다. 하지만 이건 내가 바다에서 들은 이야기이다. 이야기가 맘에 들지 않았다면, 바다는 나 아닌 다른 사람에게는 어떤 이야기를 해주었는지 궁금하다. 그 이야기를 들을 수 있길 바라본다.

bon voyage, 흔들리는 20대, 흔들리는 배, 그래도 우리는 언제나 바다를 헤쳐 나갈 것이다.

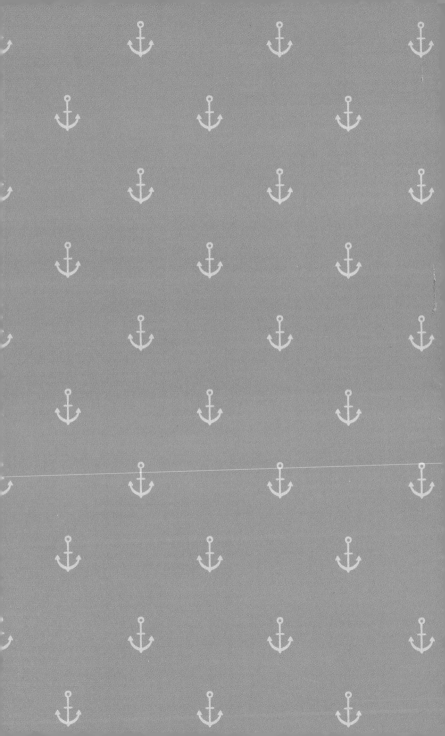